公元787年,唐封疆大吏马总集诸子精华,编著成《意林》一书6卷,流传至今
意林:始于公元787年,距今1200余年

一则故事 改变一生

从此晚安我自己

告白の书

晚安,在醒来之前,
不再会说出再见

CONGCI
WAN'AN
WO ZIJI

松果阅读

何家豪 著

吉林摄影出版社
·长春·

图书在版编目（CIP）数据

从此晚安我自己 / 何家豪著. -- 长春：吉林摄影出版社，2016.10
（松果阅读）
ISBN 978-7-5498-2748-0

Ⅰ.①从… Ⅱ.①何… Ⅲ.①故事－作品集－中国－当代 Ⅳ.①I247.81

中国版本图书馆CIP数据核字(2016)第242860号

从此晚安我自己　CONGCI WAN'AN WO ZIJI

项目出品	意林松果阅读
出 版 人	孙洪军
主　　编	顾　平　杜普洲
责任编辑	施　岚　孙　瑜
总 策 划	蔡　燕
丛书统筹	黄　磊
策划编辑	黄　磊　张亦苓
设计总监	资　源
特约编辑	张亦苓
封面设计	资　源
美术编辑	岳红波
发行总监	李振红
营销总监	王俊杰
开　　本	880mm×1230mm 1/32
字　　数	220千字
印　　张	8
版　　次	2016年10月第1版
印　　次	2016年10月第1次印刷

出　版	吉林摄影出版社
发　行	吉林摄影出版社
地　址	长春市泰来街1825号
	邮　编：130062
电　话	总编办　0431-86012616
	发行科　0431-86012602
网　址	www.jlsycbs.net
经　销	全国各地新华书店
印　刷	北京嘉业印刷厂

书　号　ISBN 978-7-5498-2748-0　　定　价：29.80元

版权所有　翻印必究

（如发现印装质量问题，请与承印厂联系退换）

用文字和自己说晚安

黄 磊

认识何家豪是从"'意林'杯寻找张爱玲、三毛文学大赛"开始的,这个比赛已经举办了三届,不少专业作家、知名写手也参与到这场比赛中来,每年参赛作品数以万计,因此想脱颖而出并不容易。何家豪的文字是从众多华美的文章里披荆斩棘脱颖而出的,独特的风格扑面而来,让几位评委老师称赞不已。

这篇有着独特构思的文章叫《夏洛克的第三条岸》,一个关于飞翔的故事,有一些悲观,又有一些理想化。何家豪在故事里用现实主义的笔调描绘了一个漫画式的故事,又从漫画式的故事当中升华出对人生、对理想、对未来的思考。

他的文字很老练,字里行间透露出一种诡异的画面感,这种画面感让人联想起东野圭吾的小说,张爱玲的语言以及希区柯克的电影,三者结合起来,是怪异而奇妙的。他善于用画面、细节掌控读者,引领读者走进他的世界,这是一种天分,是一种对文字的领悟力,是与生俱来的敏锐感。

很可喜的是,这个95后的男孩并没有让文字沾染太多的浮躁和卡通色彩,文字踏实,不花哨,独特的视角下,故事缓缓展开,对文字的掌控游刃有余,不时用文字撩拨一下读者的心弦。

对何家豪的兴趣从《夏洛克的第三条岸》开始,等到大赛复赛的时候,便有意关注了一下这个95后的男孩。

冬日的午后,一个身着深灰色大衣的大男孩走进意林集团会议室,礼貌地询问着现场工作人员:"请问文学大赛复赛是在这里吗?"一双眼睛透露出儒雅的气质,略微有些胆怯的神情,带着一份青涩和机智。

这是一个邻家男孩,和《夏洛克的第三条岸》的文字稍微有些不符。

那天下午,十强作者就坐在会议室内,开始向冠军发起了冲击,各自用文字传达自己的思想,描绘自己的心灵花园。

我注意了何家豪,当他开始执笔写作时,整个人开始发生变化,他的目光中带着一丝不羁的神情,专注而坚定,旁若无物,沉浸在自己的世界里。那天他交稿最晚,却丝毫没有张皇,他是淡定的。

比赛结束的时候,何家豪不忘记让我复印一份给他带回去,并表示,自己回去将文字敲打成电子版再发给我,自谦是自己的字太不好看了,这样可以让评委老师看起来稍微轻松一些。

从那时起,开始陆续阅读何家豪的文字,无论是《窗帘先生的朴素爱情》,还是《单身狗与单身狗的抑郁症》,抑或是《回转深夜》,他的文字都充满诡异的气质,带着一份特有的孤独感,渲染在文字里。这种孤独感像极了在深夜里,独自一个人捧着一杯热茶,观看一部充满质感的黑白影片,让人感受到一份孤独,又不忍打扰孤独感里那一份独特的宁静。

我想,每一个作者心里都有一方热土,这个作者便是它的国王。何家豪的这片热土应该是肥沃丰润的,然而每一个作者都是孤独的,在那片辽阔的热土里,只有他一个人辛勤地耕耘着,用文字装点着整个世界。

何家豪应该就是这样在每一个夜晚,独自坐在台灯下,默默写作着,用文字与自己道晚安,然后满足地看着自己完成或未完成的作品,舒一口气,关灯,入眠。

这个时候,文字里的何家豪和他的本人形象在我的脑海里重叠了,严丝合缝。

 从 此 晚 安 我 自 己 | 目录

- 001　惊鸿一瞥
- 019　他们深处的信
- 053　裂口女
- 077　不过是偷

- 103　夏洛克的第三条岸
- 115　定格
- 123　百分百花心的测试狂魔
- 137　窗帘先生的朴素爱情

目录 | 从此晚安我自己

147 时间静止谋杀案

153 单身狗与单身狗的抑郁症

165 很乖的超能力

181 刺青的猫尾巴讲义气

195 忧郁男子与塑料心

211 战败的读心师

223 回转深夜

233 眼角隐秘而伟大

惊鸿一瞥

真正迷失的,是生活。

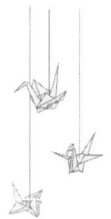

【一】

"所以,依你所说,所有跟你捉过迷藏的人,全都永久地消失了?"我放下手中的病历表,从白大褂上取下笔,推了推眼镜说道。

"是的,女士。"他回答得坚定不移。

我抬起头,眼前是一个消瘦的中年人,眉毛坚挺,眼神锐利,理着利索的平头,惨白的面孔上稀稀疏疏地留着些胡楂。

"那么,就请你说说吧,那些人都是怎么失踪的?"

"好的。"他语气平静。

"第一个消失的,是一位老妇人。在我七八岁时,我们家住在北城的一个小区里。小区很小,像一只瓢虫缩在城市中间。前门往里走过去就到后门,单元楼之间的间距更是小得可怜,让人觉得转个身都费劲。那时候,大人都把这儿叫作'求签筒',便是比喻这么小的面积里密密麻麻地插着楼房。但是,偏偏就是在如此拥挤的地界里,开发商居然还能挤出一块地建了个小公园,实在厉害。具体的日子我自然是不记得了,只知道是个暑假,那时候整天没事,我父母也不怎么管我,每天醒了就放我下楼玩。一天傍晚,我在小公园里遇见了那位老太太。"

我瞥了瞥报纸,"猪肉价格再次疯涨"。

"呀呀,突然这么贵了?又有人蓄意抬价?接下来的日子买牛肉吧……"

猛然间回过神,男人的声音再次进入我的耳中。

"那是我家的对门,一位独居的老太太,在我出生前就住那儿。老太太对我很好,时不时就买点儿零食玩具送我,我父母烧了些好菜,买了些保养品也总叫我给她送去,两家关系比一家都亲,三天两头儿串门。

"天色渐晚,老太太说随便跟她玩个游戏,就可以一块儿上去吃晚饭了。我说,奶奶,咱们玩捉迷藏吧。我便趴在一棵树上,蒙起眼睛倒数一百下。'哈哈,孩子!奶奶捉迷藏可厉害了!你等着找我吧!'她在我身后说了这么一句话,便走开了,我倒数完一百下后转过身再找她,却怎么找也找不到了。"

"我敢发誓!"他语气激烈了起来,"我发誓!我找遍了整个小区,所有角落,最后是被我妈妈拉回家的!我对她说,对门老奶奶跟我玩捉迷藏不见了。"

他突然瞪大了眼睛,眼角仿佛撕裂了一般,他一拍桌子,扑也似的压了过来,凑到我面前说:

"可你知道我母亲说什么吗?"他声音又突然低了下去,仿佛在说一个秘密,"我母亲说,我们对门什么时候住过老太太?"

"我那时小,没听懂这句话便抛到脑后了,到家门口,立马挣脱妈妈的手,在对门一通使劲敲。

"开门的竟然是一对夫妇!独居的老太太无儿无女,可开门的居然是一对夫妇!我还往里走,嘴里不断问:'奶奶呢?奶奶呢?'我妈把我拉回门口,责怪我不跟叔叔阿姨问好。那对夫妇一副对我很熟悉的样子,问我上次送的玩具玩坏了吗,上来就揉我的头发捏我的脸,也一副与我妈妈很熟悉的样子,说上次赠的料酒很入味。

"可我根本不认识他们啊！住我家对门的从来都是老奶奶，就刚才！就刚才她还跟我玩捉迷藏来着！

"可事实是什么你知道吗，医生？你相信我吗？除我之外的所有人，都认为这位老太太从未存在过，住在我们家对门的也一直都是这对夫妻！在我出生前就住那儿。他们对我很好，时不时就买东西送我，我也送他们礼物，两家关系极好，三天两头儿串门。

"所以，老太太丢了！您相信吗？不是人丢了，而是老太太完完全全地从我生命中丢失了！从我生活当中，她被剥离了出去，她从未出现在这个世界上！"

【二】

"嗯，这的确可怕。那么接下来又发生了什么呢？"我应付着回答。

对了，下个月小丽就要结婚了，这礼金到底该给多少？以我和小丽的关系来讲，给一千元红包都算少的，但老公又劝我少给点儿，毕竟最近手头也紧。

啊啊，酒席得带上孩子，多一张嘴就多挣回来点儿，可孩子又不爱出门，这脾气也不知道跟谁学的……

"第二个消失的人，是我小时候的玩伴。"男人的声音又把我拉回当下，"那是个可爱的女孩。"

"我们可以说是青梅竹马，父母是亲密友人，住得也近，来往甚密，我们自然要好。她小我一岁，却高我半个头，皮肤白白的，总是梳着羊角辫，眼睛又大又水灵，一笑起来缺两颗门牙。那应该是小学四年级时，我们两家人一起去城中公园烧烤。

"公园深处有一片稀疏的林子，不阴森，反而贫瘠，地面光秃秃的，整片地露着坚硬的黄土，其间三三两两地分散着些许水泥砌的烧烤台，由于长年使用熏得它们发黑。我们从租亭里租了一个靠江的台子，便有说有笑地开始烧烤。吃得差不多了，大人们就开始闲聊，我们俩便玩耍起来。

"过了会儿，也不知道谁提议，说玩捉迷藏吧。说来好笑，因为要说偌大的公园，最不适合捉迷藏的地方就是这儿了。这地方树并不多，也没什么建筑，站在一边，整个烧烤区一览无余。也就我们两个小孩儿会选这儿玩。

"一开始是我藏她寻。医生，这时候可什么事都没发生。

"接着轮到我了。我蒙上眼睛，开始倒数，几下我忘了，没人会在倒数时想着数字，我想着一会儿捉到她时的情景，我以后要跟她结婚，她真可爱，我也笑了起来，我扭过头去，哈哈大笑，叫那女孩的名字，接着我跑起来，学着动画片里主角跑步的样子，嘴里配着音，找遍整片树林……

"没有，什么都没有，她不见了。"

他的脸僵硬起来，瞳孔像一个空洞，毫无生气，颧骨下的阴影越发深刻，肌肉紧绷得像一只被掐死的猫。

"接着，我母亲在我背后喊我，让我过去，我回头……母亲，父亲，叔叔，阿姨，他们笑得那么平常，平常到令人毛骨悚然，夕阳从西边照射过来，我看着树木，像在看乱葬岗的坟堆！母亲，父亲，叔叔，阿姨！你们身边的那个男孩是谁？他是谁？"他开始颤抖起来，指甲把手掐出血印来。

"我跑过去，不知道为什么感到浑身冰冷，害怕地大哭起来，我说那女孩不见了，叔叔阿姨，你们的女儿不见了。你知道他们是什么反应吗，医生？他们为我的行为感到好笑，他们当然不会懂我在说什么！我不断地问，不断地问，可他们也只是无奈而放松地摸摸我的头，安慰我，而后让我和那男孩继续玩会儿。

"可我从未见过他啊！我不敢看那个男孩，我知道他的目光必然是温和的，所以才更加恐怖！他认识我！我是他多年的玩伴！可是！医生！我不是啊！我一头扎进他们怀里，死活求着要回家，发了疯地哭，最后迷迷糊糊地回了住处……

"但是啊，医生，你知道那时的我为什么没发疯吗？我很快搬了家，万幸万幸。由于我母亲工作调动，我们全家搬到了匠城。就在女孩失踪后不久，我也曾问过他们一切关于女孩的事，有段时间甚至觉得是他们失忆了，想尽办法让他们恢复正常。可与上次一样，女孩就和那位老太太一样，从我的生活，从这个世界上移除了出去。

"也许是受的惊吓过大超出了我的承受范围，也许是我年纪不大，我渐渐地忘记了这两段可怕的经历，完全忘记。因为搬家，我也的确和过去撇清了关系，于是我就像什么都没发生过一样，平平安安地生活下去。

"直到高三……"

【三】

不用我说话来引导病人真是太好了，我也到年纪了，喂喂，我现在可是快四十岁了，身体和刚毕业那会儿怎么可能一样？况且，和小宁不同，我之前哪天不是认认真真工作的？我每天回到家累得就跟死人一样，还要操心家里的事情，一天天老得这么快！反倒不断把问题严重的病人扔给我处理！

再看看小宁，随随便便应付病人，偷着拿回扣，人前一套背后一套，可恶而下作，可现在的科室主任竟然是她！不就是那段时间我怀孕请假吗？一声不响就升她职！凭什么？

"临近高考，为了给我们减压，学校组织了一次春游……"我拿起笔，在忍不住转它之前放下，佯装听得很认真，"我们来到当地的一处小风景区，三三两两地自由活动。有人打牌，有人闲聊，我们班大部分人却组织了一次捉迷藏。那时的我早忘了过去的事，于是也高兴地参加了。而我们班的班花也在其中。她很美，我一直暗恋着她，而这次捉迷藏正是我与她打闹，与她更熟悉的好机会！"

"那女孩不是现在时兴的锥子脸，皮肤干净，唇红齿白，眼睛清澈，加上一副鹅蛋脸，留着波波头，发质很好，是一众男生的追求对象。她坐我前桌，我们平时打打闹闹十分开心，以闺蜜相称。有时候我觉得她是喜欢我的。不管如何，我真的很喜欢她。故而当五六个当鬼的人抱着树开始倒数时，我心里想的都是她，而我真正想捉到的也只有她。"

对了！今年单位组织旅游啊，我是公费的，但孩子一定也嚷嚷着要去，他可得一分不少另交钱！不如骗他说是出差，这样比较省事……

"我便独自找她，一开始很兴奋，我找得很细致，打东边的凉亭到西边的塔，不可能找不到，路总共就那么几条，就算她是移动的也总会碰见我，我算准了，这理应万无一失。

"可当我站在塔下的那一刻，瞬间冒出了冷汗，我全身发凉，不好的预感涌上来，可仍没想起小时候的事。

"我十分慌张，活动的时间也快到了，便连忙赶回集合点。老师叫我们排起队伍，清点人数，大家拥挤着站好，我扭头，四下寻找，想看到她的脸。同学们都在，只有她不见了！

"那就快组织人员找啊！万一她出了什么事可怎么办？接着，与前两次一样！老师一个个学生点过去，最后微笑着拍了拍站在最后的同学，放松地说：'齐了！'怎么可能齐呢？难道是我没看见她？我回过头去，一张张脸地辨认，然后，在队伍里，我见到了一张从未见过的女生的脸！

"我瞬间像被雷劈到似的!脑海中不住地旋转,全身开始发麻,也就在这时!之前的两段记忆重新冲入我的大脑!"

他盯着我,目光似箭。

"后来的结局如出一辙!接着我便明白了!只要是与我捉迷藏的人,就会被抹去!于是在很长的一段时间里,我陷入了深深的自责与恐慌中,最后冷静了下来!再去追究消失的他们没有任何意义!只能是做无用功!只要从此之后不再捉迷藏,我便能恢复原本的生活!"

"对吧,医生,就像那句名言——生活还得继续。"男子淡淡地笑起来,平静悠然。

"那么,"我问,"又是什么事情,让你变成现在这样呢?"我将身子向后靠,尽量减少问题的侵略性。

【四】

"是的,在那之后,我再也没有与别人捉过迷藏,于是生活也算平稳。大学毕业,工作,结婚……"

我看向病历表。幻觉严重,精神分裂症,抑郁症。有自杀倾向,无暴力倾向。

我快要无法忍受这份工作了!

我在城西买的那幢房子还贷款得还到六十二岁!现在物业又出了问题!

升职的机会少得可怜,哪年才能熬出头?

孩子英语成绩怎么会那么糟糕?学校三天两头儿叫我去一趟!

和老公最近越来越没有共同语言了,有时候见着他都心烦!

为什么麻烦这么多?

为什么生活这么乱?

况且我是精神科医生!每天患者给我的压力有多大你们又知道多

少？

我快喘不过气来了……

"出事的是我的妻子，事情发生在我和妻子结婚两年时。"

他的声音像一把利剑斩断了我的思绪。

"那天是我们的结婚周年纪念日，我们说好了一起出去吃顿好的。可那天回家，家里却莫名其妙一片漆黑……按理说，我妻子下班比我早，当时她一定是在家等我的。

"我打开灯，家里挂满了彩带气球，一副要庆祝的样子，可又静得可怕。我喊：'老婆，我回来了！'没人回答。我见客厅茶几上放着一个大蛋糕盒子，便走过去，上头有一张卡片，上边写着：老公，周年快乐。"

他哽咽起来，泪水止不住地往下流，哭得无比伤心，像失去一切的孩子。

"我还来不及回头！她从背后蒙住了我的眼睛！她说：'老公！开心吗？你真笨！我再去藏一次！这次你一定要找到我！'

"我突然害怕起来！我立马回头！不要发生！不要再发生了！千万别！"

他"砰砰"猛烈地敲打桌子，用力到手骨折也在所不惜！他脸通红，青筋暴起，仿佛要撕裂了一般！

婆婆为什么总是对我有偏见？凭什么？我已经做得够好了！你还想怎样？有本事你和你儿子结婚算了！

"为什么要让我最爱的女人消失？"

他嘴角流出了鲜血，牙齿咬得"咯咯"响，眼睛充血，无比愤怒。

上次闺蜜告诉我，老公在和平路钻进钻出的，他到底有没有猫腻？

三伯又找妈妈借钱了,能不能别再借给他了?与其说是借,倒不如说送他算了!口口声声说得好听!做买卖进货周转不开,谁不知道他是个赌鬼!屁股后头欠了无数的债!我们这些钱怎么可能还得了?

"我回过头……她便再也不存在了……"他癫狂地苦笑起来,"哈哈哈……你能体会那种感觉吗?只是一个转身!之前的幸福就跑得一干二净!她没了!房子里静得有多可怕,你知道吗?她没了!当初的婚礼,当年恋爱时的回忆,两年来我们说的豪言壮语,说,我们以后赚钱了,要游遍全世界,要买自己喜欢的吉他,闲下来一起去学舞蹈……全没了!全没了!"

"伯父伯母家从来没生过小孩儿,他们根本不认识我,我也只是个可怜的单身汉,近几年根本没有谈过恋爱……这怎么可能!这怎么可能!

"你们没听见吗!我最爱的女人!她告诉我,这次!一定要找到她!好!我答应你!我一定会信守诺言!于是我辞了工作,找了她十四年!他们都觉得我疯了!哈哈哈哈,真是可笑啊!可笑!"

"所以……最后找不到,意图寻死?站在天台上被家人发现送到精神病医院治疗?"我问他。

我快要无法忍受我的生活了!再这样下去,我也会变成像他这样的疯子的!

我失控地拍桌子站起来,将他当成撒气筒,大吼道:"我告诉你!你所经历的这一切都是不存在的!你这叫精神分裂!那些都是幻觉!没有老太太!没有小女孩!没有班花!没有妻子!全都没有!你的口述在与你会面前我就分析过了!我也与你之前的医师沟通过了!我们也花费了很多工夫去调查你所说的这些人!他们,就是不存在!而你,你只是个不愿接受事实的家伙!"

"这些,都是存在的。"他冷静而坚决地说道。

"哦？哈哈哈哈，好好好，那这样！其实问题的解决方法很简单，你……"我凑上前去，强忍怒火，直视他的眼睛，说，"你，愿意和我来场捉迷藏吗？"

【五】

"我拒绝。"

还是那张理性的脸。

喂喂。你凭什么摆出那副姿态？现在出了问题的可是你！

迷失！迷失在精神病中的可是你！

我越发愤怒，挑衅地说道："哦？你是害怕了？"

他低下头，手握成拳头卡在大腿上，我看不见他的眼睛。

"医生，若要让我与其他人捉迷藏，我一定答应，我不会拒绝，可唯独你！医生！我绝对不会与你捉迷藏！"

"为什么？"

"因为……我爱你，医生。"他猛然抬起头，眼神温柔得可怕，"我爱你。"

"笑话！你与我见面不到一个小时，就平白无故地说爱我？我现在完全有理由怀疑你还患有臆想症！我不会退让的！我告诉你！今天，你必须与我捉迷藏！这是经过医方与你家人商议一致得出的结果，你必须接受！不然，你这个病人，我不接了！"

我"啪"的一声将病历表扔在他面前，叉腰看着他。

"医生……我不求治好我的病……只是求求你了！我爱你！只要让我每天见你一面，我这辈子待在这里都行！"

他的诚恳更加激怒了我。

"这是什么话？我一个有家庭有孩子的人你跟我说这种话？什么意思？我告诉你！我现在站在一个女人的立场，完全可以将你的行为定为骚扰!最后说一遍!你不接受治疗,我便永不见你!"

他低下头,将整张脸埋在阴影中,沉默许久,周围倏忽静得诡异。

他突然战栗起来,仿佛被绑在炮烙柱上挣扎得皮肉爆裂的人。接着嘶吼起来,喉咙就像被美工刀一寸寸拉开似的,我都能从空气中闻到他破裂的内脏的血腥味。

比之前任何一次爆发都可怕。

良久之后,归于平静……

他突然站起身来,看着我,眼睛中迸射着前所未有的利光,身躯无比坚毅。

他说:"好!医生!我答应你!只是!我发誓!就算找上一生一世!我也要找到你!我爱你!医生!我一定会找到你!"

我敷衍着推托:"好好好,跟我来。"

我打开门,领着他来到大厅后门前。

"让我来开吧。"说着,他走到我身前,推开了门。

【六】

一瞬间,灿烂的午后的阳光充满整个阴暗的厅堂,刺痛了我的眼睛。门外是仲夏的花园,青草伴着鲜花摇曳,在地面上蹦跳着蔓延开来,直到视野尽头,一只只蝴蝶像雪花般飞来蹿去,在阳光的反射下散发着纯洁的光。远处有片小林子,翠绿得像一片宝石,树荫清凉而静谧。

"医生,你知道吗?其实啊,你是在这家医院,这个诊室给我看病,提出要与我捉迷藏的,第五千三百四十三名医生啊……"

我听见他隐隐约约说道。

我站在他的面前,拿出笔来:"为了反驳你的幻觉,我提出了笔画法。"

夏天的风吹过，像将人包裹的暖流。树叶"沙沙"作响。

"我会在捉迷藏开始后在自己的身上用马克笔画上记号，这样，无论我被你找到时，被你臆想成什么样子，我身上的标记都会证明，我就是我。

"而我并不会在这之前告诉你标记的样子，消除你的臆想空间，故而到时候只要我身上有马克笔的标记，便足够证明这一切！"

没有回答。

他只是转过身去，静静地靠着一棵树，蒙上眼睛开始数数。

"一，二，三，四……"

我随意找了不远处的一面矮墙，绕到其后，坐下来，在手臂上画了朵花，便打发时间似的开始发愣。

我渐渐害怕起来。

万一他找不到我该怎么办？万一我真的消失了该怎么办？

我还有很多事情没做呢。孩子还没长大，父母也还得由我照顾着，工作上的那口气还没出，这事那事，事情太多了……

不！不！我不要消失！我永远只能是我！

我是不会被改变的！

不会……

我仿佛跌入了一个旋涡，周围充斥着我生活的一切。

一切的一切，搅和着，搅和着，无穷无尽，我也在其中，我化为了它们，再也无法分离……

我消失在一根巨大的棍棒下，它轻轻一搅，我便像撒入水中的盐，化开来，再也不存在……

迷迷糊糊间，我被摇醒。

"医生！我……找到你了！"

男子难以置信地看着我。

"难道说……之前的一切……真的只是臆想?"他看着我手臂上的标记,眉头紧锁。

我甩了甩发蒙的脑袋,跌跌撞撞地站起来,努力让刚才的梦境不至于让我昏迷,却没发现全身都是冷汗!

我故作镇定,微笑起来,我知道我的皱纹一定撕扯得很难看。

我拍拍男子的肩膀说道:"想必你也明白了,那这样,只要你配合治疗,我一定全力帮助你康复!"

男子似乎有些不甘心,点点头……

【七】

三个月后,男子出院,他康复得很好,仿佛从来没有得过精神病。

他豁然的样子与之前判若两人!

他之前的坚持貌似从来就不存在!

有些时候我甚至觉得,男子已经被另一个人替换掉了……

这只是我治疗的众多病人中的一个,他们每个人都有不一样的病症,有些比这男子还恐怖,还严重。

他只是我从医生涯中的一个小插曲。

我接着工作,在家庭与单位之间周旋,思考要不要换车,在生活中一切东西的价格之间穿梭,出差,回家,存钱,取钱,一个个朋友来了又走,对领导的奉承越发得心应手,直到自己变成上位人,我看着孩子一点点长大,他的种种问题,他结婚,工作,生子……

琐碎的事的确无穷无尽……

【八】

我迷迷糊糊间,已经七十多岁,时间真是弹指一挥间。

在老公去世后,我独自搬到了另一座城市,决定好好养老。

这天傍晚,夕阳洒在小区中心,在散步的我忽然想起当年那个男子。

莫名其妙。

一个孩子蹦蹦跳跳地经过,我拦下他。

"孩子,跟奶奶玩个捉迷藏吧。"

我真是无聊……

【九】

在孩子背过身后,我藏到不远处的一棵树后。

看着孩子的背影,我想起男子的一切。

他生命中消失的人,他的眼睛,他为爱而疯狂的头脑,哦哦,对了,还有他说爱我时的神情。

他说得对。

没有人会在捉迷藏开始前想着捉迷藏。

远处一幢幢单元楼不断冒出炊烟,回家的肉鸽们"咕咕"地嘟囔着,树叶的绿色变得愈来愈深,与树干和树影混合成黑色。我家住在二单元五楼一室,我能用肉眼瞧到它,它在不远处。我已经炖好了排骨,回家舀上一碗饭便能吃。

我躲在树后,望着孩子,他穿着红白黑三色条纹的小短袖,细细的腿被太阳晒得黝黑,衬得凉鞋特别大。他剃平头,碎发间闪着汗水的光。

就在这时,我身后突然有一只手抓住了我的肩,仿佛穿过了无尽的时空隧道才到达一般,坚定而有力!

我像被雷劈了似的，全身开始战栗起来，一股莫名其妙的恐惧感突然冲入我的心中。

一个声音在我身后响起。

声音是如此沧桑而沙哑，仿佛是地下千年古墓中的回声！

"医生……我终于……找到你了……"

我猛然回头。

一张老人的脸，是那个男人！

他是如此苍老而疲惫，仿佛天下所有的苦难都堆在他的眉宇之间！

我看见他走过的无数的路，他熬过的无数的夜晚，他寻过的无数的角落，他流过的无数的泪！

他日复一日，年复一年，风雨兼程，不顾一切，不曾停歇，直到现在！

他是如此虚弱，仿佛轻轻一碰就会碎掉！

可就是在这张脸上，我见到了前所未有的坚定的眼神！

接着，在我还来不及反应之前，倏忽之间，一股比世界还巨大的飓风突然卷来，遮天蔽日，气流爆发着震碎耳膜般的呼啸！

除了我与他之外的一切，全都被拉扯着分解！周围的一切，树林，孩子，楼房，鸽子，天空，一切的一切都化为齑粉。

无数的碎片将整个世界化为了一片混沌！

隐隐约约间，我看见了男子作为丈夫时的那张脸，男子少年时的脸，那张灯结彩的房间，那校服，那队伍，那张卡片，他称呼我妻子，他与我打闹，那些迷失的证据汹涌而来……

飓风卷得我眼睛刺痛，剥夺了我的一切感觉，将我扔入一片混沌……

我失去知觉，不知过了多久……

【十】

蓦然醒来。

我晃了晃脑袋,觉得自己离地面好近。

"怎么了?我捉到你咯!"一个清脆的声音传来。

眼前忽然出现了一双澄澈的眼睛,我定睛看去,是一个男孩。

我们手拉着手,站在一片稀疏的树林之间。地面光秃秃的,整片地露着坚硬的黄土,其间三三两两地分散着些许水泥砌的烧烤台,由于长年使用熏得它们发黑。

夕阳从西边照射过来,温暖而舒适。

父母在身后的呼唤传来。

一切安详而朦胧。

"怎么了?"他细小的胳膊摇了摇我更细小的手,"身体不舒服?"

【十一】

我叹了口气,觉得轻松起来,我看着他的眼睛,笑了起来,这是我早就忘掉的笑容。

我笑起来,缺了两颗门牙:"没事。"

我拉起他的手,蹦蹦跳跳地向爸爸妈妈跑去,羊角辫俏皮地弹跳。

我隐隐约约听见自己对自己说:

"欢迎回来。"

他们深处的信

这里很安静,太安静了。零碎的阳光飘落下来,星星点点。天空被层层叠叠的树叶修饰,无时无刻不是黄昏。

亲爱的森林防人者：

距离我们上一次通信已经有一段时间了。而由于冬眠，我无法及时回复你的来信，实在抱歉。

这些日子我忙了起来。

你应当知道的，开春之后，海参们渐渐苏醒过来，跌跌撞撞地在礁石与细沙上觅食，挤满整片海域，这便是人类口中的海参季节。

而对于我来说，这便是名副其实的"海猛子季节"。

人类捕食海参是由来已久的事情了，无论是他们抑或我们海参都早已习惯。大自然优胜劣汰，既然他们发现了我们海参能吃，自然是要吃吃看的。

就像我吃人一样。

海参们早早就做好了被捕食的准备，对于我们来说，生存和死亡是同时进行的，你活着的同时也正死着，这并不矛盾。

不过，许多人类似乎无法接受死亡并将它视作灾难。

也就是因为这样，他们，"海猛子们"从来没有意识到，他们在下海捕食的时候也正在被捕食。

因为灾难是小概率事件，是倒霉的产物，相信运势并习惯侥幸的人类确信，灾难不会降临。

可死亡与被捕食不是灾难，是常态。

这个世界上有人可以吃的东西就有可以吃人的存在，这是理所应当的，我就是个例子。

可人类似乎早就忘了这一点。

因为你看，我至今为止吃掉的人类，他们的死因都被归结为所谓的"海难""海妖"甚至"被触怒的大海"，其实我这个凶手，不过就是个大了点儿的海参。

说到这，前两天我遇到了一件怪事，你应当听听。

我见到了一个堪称完美的少年。

以我多年的阅历看来，他生来就是个万中挑一的海猛子的料。

他长得简直就是一条鱼，异常宽阔而结实的胸口流水一般长在船桨般的肩膀下，手臂长而柔韧，像章鱼的手尽是肌肉，划起水来毫不费劲，叫我看不清到底是他推水还是水助他。他的腰身是我见过的最灵活的，水流的变动再复杂，他只需轻轻一扭，便畅游无阻。他的腿呈流线型，归结到他宽大的脚掌上，不失游水者的柔美，同时充满肌肉的力量感。

他脑袋稍小，是精致的鹅蛋形，头发绵软得像飘扬的海藻，一双大眼睛在水下也能放出厉光，可眉骨却高耸得惊人，浮上水面后不用手遮着也不会被阳光晒得刺眼。

他皮肤黝黑，不像晒的，显然父母就是弄水的好手，他对水没有任何抗拒，说明他从小在海边长大。

他年岁尚小，十岁左右，目前来说并不能威胁到我，可一旦他长大成人，也许我会死在他的手上。

我见到他是在前些日子的一个上午，当时我一如既往地张开保护色与礁石融为一体，等待着猎物的到来。

远处水波隐隐约约打过来，我见着他往这边游过来，就在那一瞬间，我看见了他无与伦比的潜力和他潜在的威胁性，也就在那一瞬间我坚定了一个信念——我一定要吃了他。

首先，吃了他能使我在未来少一个对手。

其次，他一定很好吃。

我知道你是素食主义者，不过我还是得跟你说说。

他的头发消化起来一定是刚冒头的海藻味的，纤维风味十足；他的皮肤会比鲨鱼尾鳍嫩上十倍而又有韧劲；常年在海水中浸泡与海风的吹渍会使他的肌肉与其他海猛子一样有种风干的滋味。你知道的，人类自海洋诞生，而后上岸，而这群人如今重回大海，这种反复的历程对于我这个食客来说无异于最悠久的烹饪手法，这会使他们的内脏充满神秘的质感，是能让我"踏足上岸"的途径之一。

他渐渐游近，再近一点儿我便能一口吸下他，他渐渐游近，你能感受到当时我有多兴奋吗？

渐渐游近。

可就在我发动攻击前的一刹那，一只大手竟将他拎出水面了！

一个健壮的男人，应该是男孩的父亲，他看起来很生气，不过似乎没发现我，水面上传来他责骂的声音，接着，男孩哭闹着在水里翻搅了一会儿，便被男人拎着耳朵带走了……

千载难逢的机会就这样白白错过，实在可惜。

接着，你猜怎么着？

不久之后，我又遇到了那个男人。

可怕而吊诡的事情发生了。

他应当是个经验丰富的壮年海猛子，可这次见到的他却仿佛一只饥肠辘辘的贪婪的海鸟。

他疯狂地下潜捞"海货"，再疯狂地上浮，根本不停歇，眼神浑浊，好似一台濒临崩溃而疯狂运转的机器。

再形容得准确些,他就像是被寄生虫侵占了大脑而拼命在捕食者面前翻搅的僵尸鱼!

没有思想,没有灵魂。

低级错误一大堆,手在礁石上磕乌青了也不停歇,仿佛没有痛觉,为了多捕到些"海货",肺里呛着水也在所不惜,仿佛身体不是自己的。

于是,理应察觉到危险的他这次麻木了起来,他一丝快要被捕食的迹象也没发现,并毫无顾忌地接近我……于是我吃了他……

这种汉子人在中年,身体正是最精壮的时候,我一般不会捕食他们,因为成功率不高,且不说打败我(在水下一对一的情况下,人类不可能击败我),他们尽全力挣脱并逃走的能力还是有的。

所以我在咬住男人的同时也做好了要进行一番搏斗的准备。

可更奇怪的事情发生了,男子一开始的的确确剧烈地挣扎起来,海水被击打的力道也反映出一个成年人应有的健壮,这理所应当,可接下来发生的事让我出乎意料。

他突然回过头来,仔细地看着我,他见到了我的巨大与张牙舞爪,可目光没有丝毫无助与恐慌。

气泡在水中升腾,水下寂静无比。

他肌肉一软,莫名地放弃了抵抗……

以他的力量绝对能逃走,可他却放弃了……

这件事实在奇怪,我得琢磨好长时间了,在消化完他之前……

祝枝繁叶茂,望尽快回信。

(男人吃起来的口感很差,糟透了……)

亲爱的捕捕参者者：

很高兴收到你的来信，我虽然对大海的事情不是十分了解，可同样对那男人的事充满兴趣。

最近我的生活也变化颇大。

这片森林里又来了个森林防火人。

我想我有必要跟你谈谈我的工作了。

众所周知，森林防火人的作用是观察注意我们树木的状况，预警危险的发生。

而我的作用是观察注意人类的状况，预警危险的发生。

森林大火的确困扰我们已久，不过正如你说的，对于自然状况下发生的大火，我们早已习以为常，并将之当作一种死亡方式从容面对。大火对于我们来说就像地震之于人类，这是无法避免的，所以如若它发生了，我们也只能以死者安息，生者好好活下去的态度继续生存，仅此而已。

不过，以上只是指自然情况下发生的大火。

我好歹也是一棵百岁的树了，虽然在这自然保护区里只能算毛头小树，可对于人类我也算是老寿星了。

这百年下来，我看管的区域发生的大型火灾，大部分都是人类弄出来的。有烟头引起的，蓄意放火的，消遣娱乐点火玩玩的，有开荒烧林的（这些还只算与火有关的屠杀行为）……

我们还没成为笔友之前，我有一棵心仪的对象树。要知道，我在这片林子里也算是一棵美树了，论雄，我高大挺拔，根脉结实；论雌，我开的花美丽娇艳，结果饱满。我不知道你们雌雄异体的种族是怎么判断优秀的，总之我这样的已经算是树中的潘安、西施了。

然而，有次，我向远处望去，远远地，我就瞧见有这么一棵松竟然长得比我还美！

它距离我两个山头远，枝叶繁茂，亭亭如盖。

那时我就确定了，我们结合诞下的树一定完美无瑕，堪称"百树之王"！

于是我连忙托付居住在我第二枝的雀鸟前去传信，希望来年开春，交换花粉。

可想必接下来发生的事你也猜到了。

信还没传到，一场由人类引发的火灾便活生生将它吞噬……

这件事也是我成为一名森林防人者的直接原因。

在我看来，森林防火人的工作是弥补而非防火，由一个人来弥补其他人犯下的错误，这才是这份工作的本质。

不过这并不能成为我不盯着防火人的理由，因为他们也是人类，人类绝不可信。

花草树木，虫鸟兽菌们对新来的防火人议论纷纷。

他是个面容憔悴的男人，中年，不高，挺壮实的，又有些发福，整天死气沉沉，比雨季的空气还闷。

他爱穿一件质地不好的米色格子衬衫，有不大的啤酒肚，领子随意地耷拉着，皱巴巴的休闲短裤十分宽大，显得他人越发壮实，草帽下的阴影掩盖不了他浓重的黑眼圈与发肿的眼睑，却将他浓密的混着白色的头发全部罩住，留下布满了额头的抬头纹。

他除了规定的巡逻以外，整天窝在瞭望塔里辗转反侧地发呆，愁容满面，偶尔看他翻看几本小说也是心不在焉的样子，看来这儿清净的环境并未改善他的心情。

他是个处于痛苦中的男子，可我暂时摸不清他痛苦的根源，这使我有些担忧，要知道，痛苦与变态只有一线之隔。

这种家伙虽然看上去温度不高，却让树捉摸不透，因而可怕，我得小心盯着。

他若觉得在这里,这个无人之境便能为所欲为就错了,这里注视他的眼睛可比城市里多得多。

祝牙利肌健,望早日回信。

对了,看来这段日子,附近的树都不能随便躺下耍耍或伸展着扭扭腰了。(毕竟对于一般人来说树木躺下与扭腰是不可能的事……真不知道是他们照顾我们,还是我们照顾他们……)

亲爱的森林防人者:

我们两地的距离较远,所以估计当你再次收到这封信时,又已过了好久。

两次休眠后,我再一次见到了那个孩子,不,这次应当称他为少年。

不出我所料,他成了一个矫健的猎手。

他成长得很快,应当与失去父亲有关,较之上次见到他,现今的他强大了千分万分,甚至隐隐超过了他父亲!

他的身体完全发育开了,成了一条大鱼。

他下水捞海的姿态比儒艮还优雅,弄潮翻浪的架势比海豚还轻松,这让我如临大敌。

我们交手了三次。

第一次是在一个黄昏,海水开始浑浊起来,当时的他从未见过我,所以自然毫无防备。

当时,他沿着一条既定的弧线上下浮窜,胸前的袋子装得满满当当,他渐渐接近我,水下很安静,他由近及远,我潜伏得很有耐心,最后一次下潜,他正好钻到我身边,周围只有水声……

我迅速暴起!据我估计,这一口能直接啃下他的腰!

然而,他不愧是我看中的人类,天生的敏锐一瞬间便使他下意识地猛打水流，我竟只咬住他的一条大腿！

我好歹也是百年的老怪物了，多年的捕食经验竟也被他化解不少，他实在是人杰！

可接下来，他阅历的不足便显露出来了，他开始慌了，手脚开始胡乱甩动，这么一来，水便越发浑浊不清，视觉对于人来说极其重要，他自废一觉，情况对我十分有利。

我并不急着击杀他，因为再好的水手在水下都待不长久，缺氧会帮我杀了他，我只需等待。

夜色深沉，周围的海猛子见不着他，我将他的动静控制得很好。

可他实在天赋异禀！

我不知他是怎样冷静下来的，他竟急中生智用尽全力往下一踹，说来也巧，我的几颗牙恰好松动，掉了下来！

鲜血肆意弥漫，他腿上的伤很深，可他还是趁着我毫秒间的失神，溜走了……

很快，我第二次见到他。

他一如既往地沿着自己喜好的路线搜寻着猎物，我定睛看去，他的腿就像从未被撕裂一般充满朝气。

年轻人类的修复能力这么强，这是我始料未及的。

这次他对危险的感知比上一次更强！首先，你是知道的，这么多年下来，我的伪装至今只被一个人看穿过。

所以，海猛子们对我攻击的反馈只能是临时性的，不可提防的，这考验的是猎物的反射神经。

他的反应能力比老到的海猛子还敏锐！

这一次我竟只捉住了他的小腿！

少年还是有点儿慌乱，可较之上一次冷静了很多，他这次迅速意识到攻击者是我，左手向下一压，让身体能使上劲来，便如法炮制地妄图用上一次的招数挣脱。

不过这一次我早有准备,上次算他天时地利,可这回,我的牙不会再出问题,对他的踢腿我也有了防备。

这次他必死无疑!

这顿美餐我吃定了!

少年的反应却使我大吃一惊!

他迅速丢掉了胸口的"海货",并从中掏出了一只坚实的海贝作为匕首,鼓着嘴疯狂地刺击我口器的脆弱处!

海知道他怎么知道我的薄弱处的!也许就像鲨天生对血腥味敏感,章鱼生来就会变色,他,这个天生的猎人,对敌手的嗅觉异于常人!

我再一次被他的表现折服,被他溜走……

这次他只受了轻伤……

第三次见到他时,我已经捉不住他了,这次的他也不再逃窜,反而与我大战一番!

与之前一样,我发动突袭,可不知是我的两次锻炼给了他成长的契机,抑或是他发育的速度犹如怪物,他完美地躲开了我的一击!

接着,是几秒的寂静。

他神情凝重地看了我一眼,浮上水面去。

刹那间,他鼓着胸腔,像一枚炮弹般冲了回来!

我早有准备,我的眼睛从未远离他一刻。

他双手擒住我的口器,接着,试图用手臂箍住我的脖子,从而制住我,但是,我的肌肉比他灵活,全身一缩,便破了他的招,他并不罢手,顺势用双脚缠住我的身体,并迅速从胸口中摸出一把刀来。

我也不是省油的灯,背上的刺连连发动攻击,使他无暇挥臂,口器伺机而动,几次差点儿卸下他的手脚。

气泡碰撞的声音充斥整个水底。

我们的搏斗安静而凶险!

他见势不好,破釜沉舟,匕首猛地刺过来,这一击用尽全力,如若击中可致我重伤!

我不敢怠慢,所有足用力往海底一蹬,使其失去重心。

就在这短短的不足一秒的时间里,我又向他展开了几次攻势,皆被化解。

我们精疲力竭地被撞散……

我们相隔一米,戒备地看着对方。

再次归于寂静……

肺里的氧气不够了,少年微笑起来,几串气泡像细小的升龙般从他嘴角钻出来。

他仔细地看了我一眼,接着扑腾着浮上水面去,越来越远。

我放松下来,下身感觉一软,肚肠流了出来。

真是势均力敌的对决……

不过,我稍胜一筹。

因为,虽然我被伤了肚子,可少年,留下了一个脚趾……

祝根须宽广,望尽快回信。

(少年的脚趾十分美味,这使我坚定了要吃他的信念。

我一定要吃了他。)

亲爱的捕捕参考者:

祝你早日康复。(不过相信信寄到时你早已康复。)

在你快意恩仇的时候,可是苦了我了。

这个男人的确是个彻头彻尾的危险分子!

他阴晴不定,喜怒无常,虽然身体每天机械地在森林里运动,可我发誓！他的灵魂一定是丢了！

一开始我认为他只是个普通的失意者，情绪低落而稳定。

你知道的，在四下无人时，许多人类会尽情地展示自己的软弱，他们会在一个人时悲伤哭泣，抑郁寡欢，这种情形在私人空间，特别是夜间尤其明显。

人类将之称作另类的坚强，于是对他们来说，这种行为也产生了别样的浪漫。（对于我们树来说，坚强就是纤维够劲儿，仅此而已，不必弄得那么复杂。）

之前，我通过他的行为判断，他也许就是抱着这种心态来到这儿的。

整天麻木而呆板，做事情有头没尾，有时刚拎起水桶，下一秒就忘了拎起它干吗。

他也会刻意地调整自己的情绪。有时他会脱了上衣，盘腿坐在瞭望塔边的树群下，努力让自己的嘴呈开心状，闭上眼睛调整气息，吸呼吸呼，半天下来睁开眼，还是那张苦瓜脸。

他有时甚至会裸体走在其他瞭望塔瞧不见的地方，这当然是所谓的"回归自然疗法"，这也当然对他的情绪没有丝毫改善。（不过我实在不知道满身驱虫药的他究竟自然在哪里。）

有时他走着走着就会哭起来，哭得眼睛红肿，不过他也就只是哭，并没有自言自语。

到此为止，我对他异常情绪的起因调查虽没有任何起色，可他的情绪也还算稳定，可不久后传来的一个消息却使我担忧起来。

在我的监视范围之外，一个山背处的通信基站里，男人接了一通电话。

那边的杨树婶子（给你这个一辈子没上过岸的参子科普一下：他们是男女异体）恰巧注意到了那时的情形。

男子带着急切想知道那头消息的表情,接通了电话。

"怎么样了?"他有些焦急,又好像十分愧疚。

"真的?真的?真的?"男子忽然间就跳了起来!大地母亲保佑!我曾经一度认为他腿部的肌腱有残疾,因为他来到这儿后从未跳过!

男子的表情瞬间变得极度兴奋,他涨红着脸,所有阴郁一扫而光!他由于高兴而握紧了拳头,要是有指甲一定能嵌到肉里去!

同时,男子竟然还流下了眼泪,鼻涕也淌了下来,脸上的皱纹被又哭又笑的肌肉给挤成了东非大裂谷!

不过,未等他情绪平复,那头的消息再次让他变了表情。

他神情忽然凝重起来,眉头紧锁,像在思考着十分严肃的事情。

他缄默不语,静静地听完那头的话语,他郑重地点了点头,说:"好的……我知道了……"

客套了几句之后,电话挂了。

从基站回来后,他的神情便一直都是凝重的。直到夜里,他躺在床上,在瞭望塔的小空间里,他睡觉之前,他抱着后脑勺儿,叉着腿看着天花板愣了好几个小时。

接着,他的泪水开始从眼角渗出来,一开始只有一滴,他便用手背蹭了蹭,于是渗出两滴,他又抹去。

他的泪水决了堤。

男人不停地抹着眼泪,可仍是抑制不住哭泣。他干脆捂着脸哭了起来,是那种呜咽的哭,他嘴里念叨着"太好了……太好了……",就是这样哭,哭了很久。

在停歇之后,他脸上才有了些许笑意,静静睡了。

在接下来的日子里,他开始乐观开朗起来。

但我认为这不是好事。

他看上去的确安全了很多,但这是有前提的,也正是因为这个前提,他反而比之前更脆弱!

他是一颗炸弹,被电话里的消息轻轻托举着,他暂时不会陷入疯狂。

可一旦电话里的消息骤变呢?

这双手就会将他狠狠地拍倒在地,他必将崩溃!

所以,他反而比之前更加可怕。

我们树有些被动了。

祝胃暖肠通,望早日回信。

(唉……如果我有吴先生一半的学识,恐怕就不会这么无助了吧……)

亲爱的森林防人者:

气死我了!气死我了!气死我了!

你知道发生了什么吗?

那青年简直自大得可以!他现在竟把我当作朋友!

自上次交手后,我们很长时间没有相遇了。

一个春天,我刚吃下一个水手,变了色静静地与一块礁石融为一体歇息。

消化一个人得好久。

一天早晨,我眼见着一个熟悉的身影游过来,那个少年已经成了青年。

算他好运,我肚子里有货,暂时对他没兴趣。在我的设想中,这顿美味会与我擦肩而过,远去,我仍会静静地伏在礁石边,就像什么都没发生过一样。

我拟态得很好。

可你猜怎么着?

青年的确从我身边游了过去,不过,就在下一秒,我身后传来一声兴奋的惊呼:"咦?是你!"

这着实吓了我一跳。

我立马摆开攻击架势转过身去,见他正划在水面上伸下脑袋来看着我!(我距水面不远)原本我认为这又是一场恶战,可他却游开去三分,连连摆手道:"哈哈!不打不打!大参子!在水下我可打不过你!"

我不敢松懈,这么多年来,看穿我拟态的,他是第二个,你知道的,第一个是吴先生,这使我很恐慌。

我开始分析自己的变色是否有漏洞,可他却好像读懂了我的心思,笑着说:"你知道我怎么发现你的吗?不是我冒犯,可你真的长得跟我的大脚拇指一模一样!就是被你咬掉的那玩意儿!哈哈哈……"

就是在那时候,我发现我被完完全全地轻视了!没有什么比这更让我愤怒!不是因为他说我长得像脚趾(这是个被吴先生玩烂了的游戏。待在这儿的每天,他几乎都得举起脚来,拎在手里,佯装一本正经地和我仔细对比,摇着头念叨:"怎么这么像呢?这么像呢……")。而是因为,对于被我卸下一个脚趾的仇,他竟一笑了之!

更让我恼火的是,他见我准备扑上去,立刻游得老远,这就算了,他还冲我大叫,要我冷静,说下次再见,便很快游走了。

他全程轻松的神态简直就是对我猎杀态度的侮辱!

这还没完,也算我失误,竟然选了一块过凸的礁岩休息,退潮后它的最高处便露出水面,留出一人大的地方。

于是,在接下来的日子里,这小子,竟然发现了这一点,并且每天退潮后就坐在上头与我聊天儿！（聊天儿当然是单方面的，对于我来说那叫噪声。）

他什么都说，对于他来说，我一定是一只单纯的巨大的海参，没有感情，无法完全理解他的话，还可以驯服！

可恶！

他叫三子，家里很穷，父亲出海时遇难（听到这里，我爽快极了），母亲辛苦持家，他是长子，有两个弟弟两个妹妹要靠他捞海养活。

叽叽喳喳说个不停，谈未来谈理想，猜测关于我的一切。

无聊透顶。

你想想，一个人类向一只海参倾诉苦恼，这是多么愚蠢的家伙才干得出来的事啊，而认为能与我成为伙伴甚至驯服我的态度则更是体现了他的幼稚。

我一定会吃了他。

他说得再多，我也不会去听的。

而他献的殷勤（他总是捉些好虾好蟹给我吃，我自然是来者不拒，胃里这么点儿空间还是有的），也只能显示出他的可悲。

我要做的只是专心消化了肚中的家伙，再吃了他，仅此而已。

我不会轻易离开这片礁石，一来我不会对这种自大的家伙示弱，二来这样能让他放松警惕。

祝叶嫩花艳，望尽快回信。

（这青年比吴先生还愚蠢，活该死掉。）

亲爱的捕捕参者：

真不敢相信我们的遭遇如此相似。

也许是为了排遣心中的寂寞，这个"浪漫派"男人开始给身边的一切取名字，先是给在附近游荡的几只狐狸取了名字，并每天见着它们就挥手问候，一星期工夫就把它们吓得跑了个精光。

然后他应当是发现了，要说在这片林子里找些倾诉对象的话，树显然是个更好的选择。

于是我们这些附近的树都被强制安上了他所认为的合适名字，并每天被他呼来唤去，仿佛我们生来就被这样称呼。（你应当知道被乱叫名字有多烦躁，总之你的"大参子"我笑了半年，差点儿笑吐了。）

我不知道他是否产生了几分造物主的伟大感，总之他对我们这些天然"树洞"可谓"物尽其用"，无所不言，言无不尽。

他会向我打声招呼，再盘腿靠在我胯下（也就是树根处，我很讨厌这种行为，自从吴先生向我调侃，树的根算"胯"，并朝我撒了泡尿之后），双手枕脑，将脸压在草帽荫（对我来说不算别字，草帽是死了的竹子）里。

接着慢慢悠悠地自言自语一天。

他时常去打电话，频繁得简直超过了防火员之间的无线电。

看来电话那头一直没有噩耗传来，他的情绪暂时很稳定。

不过，不管他做什么，他是危险分子的事实不会变的，我的监视还在继续。

他的故事等我理清了再告诉你。

祝身宽足强，望早日回信。

亲爱的森林防人者：

我亲爱的朋友，你似乎忘了些什么，你在调侃我外号的同时应当把你的也告诉我，这样才公平。

玩笑暂且不开。

现在，对于三子来说，他已经单方面是我的挚友兼恩人了，可笑至极。

让我细细道来。

这么多年来，他几乎天天与我见面。

首先我不得不承认，我和他有着近乎可怕的缘分。（这是好事，预示着我必将吃掉他。）因为无论我如何变换位置，他总是能刻意或不刻意地找到我！

我习惯在这片浅海活动，因为食物来源稳定，这你是知道的。

可这片浅海的广大程度不亚于你的森林啊！而且我的拟态也总在变化，海知道他怎么找到我的！

他每天与我接触的时间不定，依他的收成与我的状态而定。

如若这天收成不好，他便笑着，远远地朝我打个招呼，扔些虾蟹过来，扭头就走。

而当我饥肠辘辘时，他也不会靠近我。

他敏锐的目光同吴先生的一样，远远瞧一眼就能知道我是否肚中有食。

接着说一句："啊！看起来你想吃了我啊！那我就先不过去了啊！"便游走了。

可笑的是，他似乎将我当作了放养着的饲养对象，除开暴雨天大浪天，他每天都会扔给我一把虾蟹。

我自然会吃掉的，被自己亲手堆砌在对手体内的能量杀死，他这样子被我吃掉会更屈辱些。

在我冬眠夏眠时，他会带着一个木盆浮在我附近，自言自语地絮叨上好久。

他已经彻彻底底把我当作了倾诉对象，甚至有时候还会问我问题。

我还需要忍耐。

对了,他是这样成为我的恩人(在他看来)的。

前些日子,一个与他年岁相当的男人游在我附近,我差点儿就吃了他。

这个人类不是三子,我制伏他不在话下。

他潜下来,我做了充足的准备,在他绝对无法反应的间隙发动了攻击,我一口下去,绝对叫他入了鬼门关。

可也就是那个瞬间,三子出现了!

他一把拉过那男人,我扑了个空!我失手了!

不仅如此,我完完全全地暴露在男人的目光下!他看见了我!

他瞪大了眼睛!不可思议地看着我,瞳仁因为害怕而战栗起来,紧接着便全身颤抖,他再也憋不住气,涨红着脸疯狂地浮上水面!

癫子般地大呼小叫!

他不再听得见任何声音,三子都拉不住他。

他拼了命地往岸上游去,消失了踪影……

我说过了,此人不是三子。

三子就像你说的,是"浪漫派"的,到目前为止,我存在的消息,他都没透露给其他人类。

可这男人一看就是个标准的群居动物!

我的处境有些危险了……

果不其然,几天后,一大群海猛子乘着十几艘渔船,开始在附近搜索我的踪迹。

我自然知道,他们想捉住我,接着像处理砧板上的鱼肉一样肆意料理我。

他们恐惧我,也憎恨我。

不过，他们找不到我的，以他们的实力。

可三子可以。

那天，海猛子们对这片海域分区搜索，远处结着队的海猛子来来往往，眼看着就要往我这边来。

三子游了过来。

很明显地，是朝着我。

他身后带着一群海猛子，每个人背上都背着比人高的鱼叉！

他笑着，越来越近，我开始害怕。

真是没有想到，我的弱点竟是他的眼睛！

我悄然绷紧肌肉，准备来个鱼死网破！

他一副很自信的样子，悠然地游过来！

突然，他狡黠地笑起来，对我点了点头！

一回身，面朝着成群的海猛子。

"叔伯兄弟们！这片就交给我吧！毕竟我身强力壮，而且亲眼见到了那怪物，让我来！"

他很有威望，人类对他很放心。

海猛子们散开了……

他装作一丝不苟地搜寻了一整天。

就这样，海猛子们找了我三天，毫无收获。

一场暴雨，冲散了他们的恐惧。

风头过去后，三子找到了我。

"哈哈！大参子！感谢我不？要是那时候我指出你来呀，你现在就不叫大参子啦！叫富贵翡翠海参汤！哈哈，那些有钱人真会取名字！"

之后，他依旧每天来找我谈天。

我对他的行为越发嗤之以鼻了。

救我，是他单方面的，他再怎么欣慰自豪，我都不会有任何感激，因为他是我的食物之一。

在他看来，和我待在一起的时光是他的安稳岁月，世界上的一切都仿佛是静止的。

海风阳光，海鸟游鱼，绿岛黑礁。

爽朗。

一望无际。

可他不知道，我一直在等待。

我一定会吃了他。

祝年轮宽大，望尽快回信。

亲爱的捕捕参考者：

近些日子，男人活跃了起来。

他做贼似的偷着出了好几趟林子。

回来的时候，心情一次比一次差。

照理说，他既然偷着出林子，带点儿滋润生活的玩意儿回来是应当的，可显然实际情况不允许他这么做，他来回得极其匆忙，仿佛被发现了就会被处死似的。

这种慌张并非来源于森林防火系统，他与附近的防火员们关系很好，相互包庇，上级一时半会儿发现不了他的消失。

所以这些压力是来自外部的。

林子外边，人类区域，电话那头，有什么事情导致了现状。

我本想进一步调查，可他最近再次陷入失落，不再对着树木们自言自语，这使我的工作毫无进展。

他的身体正在塌垮，精神也是。

他要是崩溃了，一定会对我们造成威胁！

我会继续保持警戒。

祝捕食顺利，望早日回信。

亲爱的森林防人者：

气氛不对，有事情要发生了。

三子莫名消失好几个月了，他的孩子最近也不再在海边玩耍了。

他消失得突然，前一天还傻愣愣地跟我说说笑笑，第二天就不见了！

他死了？还是怎么？

我得不到任何消息。

祝结种满树，望尽快回信。

（要是有吴先生的望远镜，也许我能看得远点儿。）

亲爱的捕捕参者：

我长话短说，我这儿的情况也不容乐观。

一个月前，男子正式请了假，到林子外边去了。

他回来时带着一身的伤。

他的情绪依旧低落。

他有时会莫名大声吼叫起来，仿佛心中满是激愤。

他身上到底发生了什么？

祝海温舒适，望早日回信。

亲爱的森林防人者：

可恶！可恶！可恶！

人类果然是个不可信的物种！

我受伤了！我的脖颈儿被削掉了二分之一！我元气大伤！

三子！是他干的！

这个可恶的家伙！我一定要吃了他！啊！

在消失了很久后，他回来了，但判若两人！

现在的他诡异得很！

你还记得我说过的他父亲的情形吗？

如出一辙！

他现在就像一具僵尸一般！

他疯狂地捞海捞海捞海。

他不再是以前神情悠闲的自由弄潮儿，取而代之的是眉头紧锁、脊背佝偻、眼圈发黑、瞳孔涣散的一个疯子！

这些日子以来，他就算见到我也不再有反应，只是争分夺秒地干活儿！

仿佛一停下就会死！

他就在海边住下了，每天刚能看清海底他便下水了，太阳不完全下山不上岸！

不仅如此，他还架起了许多钓竿，每天钓到鱼就卖了。

收海货的财主一来他就上前去交易，讨价还价，争取每一分利益。

他变了。

变得更叫我恶心了……

这种日子持续了好久。

他过早地苍老起来，发根见白，脸上的皱纹被海水中的盐分划得很深。

他就像一条死鱼。

突然有一天，他游到我的面前来。

那时我腹中有食，所以对他放松了警惕。

他呈蛙状划水以示和平,微笑着靠过来,可无论他笑得再怎么用力,眉头的纠结都会使之变为苦笑。

他的声音不再清脆:"嗨!大参子,好久不见!"

他不断游近,判断着我是否稳定,小心翼翼地接近。

"最近怎么样?哈哈,一定是饿了吧!"

他缩着脖子抛出鱼虾,像面对陷阱下的孤狼。

"吃吧!哈哈!"

我知道他有猫腻,可未曾想到他会攻击我,这么多年以来,只有我偶尔咬下他的肉,他未曾攻击过我一分!

不知不觉他就游到了我的近前。

他猛吸一口气,潜下水来。

阳光照得四周通透,我并未发现他手中的匕首。

他在我不会进攻时试图摸我,这是常有的事。

他伸出手,凑上前来。

四周游鱼安详,气氛没有一点儿异常。

我晃了晃神。

一瞬间!天旋地转!

水流与反光一片混乱!

世界都在翻搅!

当我再次回过神来,他已经发了疯似的游开去了。

我神经一抽,发现自己颈肩(你知道的,我身上很多区域划分的名称是吴先生取的,与人类同名)上的组织少了整整一半多!

我现在简直就像是一根一汤匙下去,快被拦腰挖断的布丁!

我愤怒至极!

我也暂且不顾纷飞的内脏了,狂追了他近百米!

就快捉住他了!可恶啊!

可惜他早有准备。

他爬上了不远处早就停好的一艘小船……

我只能眼见着他离开……

你知道他有多虚伪吗？他，狠狠地挖下抢走了我的肌肉器官，上了船，竟然还回过头，双手合十，对着我磕了三个头！

"对不起！对不起！对不起！"

这可恶的家伙不配说这个词！

啊！可恶啊！

我一定要吃了他！

祝不被人类伤害，望尽快回信！

亲爱的捕捕参者者：

前些日子，就在我们这片区域，发生了一场森林大火。（不用担心，火势未蔓延到我。）

男子虽然麻木得与石头无异，但工作还算尽责，他几乎在第一时间就报给了消防系统。

浓烟弥漫，火光冲天。

消防员来得很快，火势控制得还不错。

不过毕竟是森林大火，要使之熄灭是要花上几个星期的时间。

为了安全起见，男人撤出了森林。

再次回来时，又是满身伤痕。

眼圈是青肿的，腰也被踢伤了，他走路一瘸一拐，手不知到底该撑着腰还是扶着腿，因为手臂本身也受伤了。

可是，说他遭遇了致命的危险也不对，他的伤虽多而杂，可都算不上致命。

故而可以判断他是遭到了殴打。

通信基站在大火中受损,接下来的一段日子里,男子打不了电话了。

于是,他再次开始向树木倾诉。

他的事情的关键,我快要了解到了,在此向吴先生学学,先卖个关子给你。

祝顺利报仇,望早日回信!

(特快加急信件)

亲爱的森林防人者:

就在他伤我后的一个礼拜,今天,我再次见到了他。

他毁了。

如果说上次见到的他像一条死鱼的话,今天见到的他,简直就是一根爬满了蠕虫的鱼骨头,身体全被吃干喝尽,空留一个翻着白眼,不住战栗的脑袋,奄奄一息,散发着僵硬的腐臭。

他今天,拖着垮了的身体径直游过来,他看着我,紧紧盯着我,他游过来。

他虽然仍然健壮,可大不如前,肌肉耷拉着,全身的筋骨都因颤抖而极不协调。

他的头发像干枯的球藻,无论在水中泡多久都不见顺滑,他的手臂是扭曲的,脚掌就像挂在环上的钥匙般松散,他的腰身变得僵直,好像随时会断。

他是搏了命游到这儿来的。

这是一个黄昏,低气压。

没有鱼在游动。

天地间没有任何声音,只有海浪哗哗拍打着沙滩。

也许是我的错觉,也许是他太脆弱,他游动的时候,没有声音。

安静。

他游到我面前来,这个已经人到中年的男子,来到我的面前。

微弱的声音。

"大参子……我一直都知道,我阿爸是你吃掉的……"

他的眼睛里流出了泪水,比海水还咸。

他想使劲看清我,可他的眼睛坏了,所以眼睑反而张成了可怕的样子。

我认为他是要来和我决战的。

我在一个呼吸之间,咬下了他的一条腿。

"那就把我也吃了吧。"我隐约听见。

后来,有海鸟告诉我,远处,有个村子发了疯。

全村男女老少都下了水,就是为了找所谓的"千年大海参",因为有个叫三子的家伙,在他们村边海里杀了这样一个宝贝,他发了财。

原来如此。

他藏着我的躯体上了岸,却没叫人发现,也不急着卖掉。

他刻意跑去老远的外村。

他在那里捞了好几天海货,接着,"老天眷顾他",他"发现"了一只巨大的海参,并杀了它,取下了它的一部分回到岸上,卖了无数的钱,全留给家里,给儿子治病去了。

他这么做,是为了保护我……

"他就要死了,可家里实在需要钱。"海鸟说。

三子不好吃,一点儿都不好吃。

一口咬下去,他黝黑的皮肤下,却是真真切切的腐臭的味道。

器官是腐败的,骨头比海草还松,肌肉糙得过分。

这个味道我曾经尝过。

在他的父亲体内。

这是遗传诅咒的味道。

这是死亡的味道。

这是，不治之症的味道。

这是"不愿连累"的味道。

这小子，一点儿都不好吃……

可我，一定要吃了他。

松树啊……

我开始有点儿想念吴先生了……

"疾病这种东西很可怕。你们海参哪，器官坏了就坏了，就算把内脏吐了个空还能再长回来。可我们人的器官要是坏了，烂了，哈哈，那可是大事一件哦。"

我记得他曾经这样说过，当时的他在阳光下笑着，无比轻松。

好像自己没生病似的。

睡了这么多年，吴先生到底睡醒了没有？

他到底睡醒了没有？

祝早日见到吴先生，望尽快回信。

（特快加急信件）

亲爱的捕捕参考者：

"感情这种东西很复杂。如若我也能像你一般扎根地下，禅修多年，我的心应该能像你一样通透而翠绿吧。可我脚踏实地，重心在地面上浮着,心也浮着,所以感情方面的问题,我一直想不明白。"

这是吴先生对我说过的话。

他说,对于感情,我们树木更能明白,可我琢磨了这么多年,终究是觉得,人的感情,我懂不了。

男子死在大哭一场后,他几乎哭瞎了眼睛。

现在他就躺在我边上。

安静得好像没有死亡。

周围和往日一样静悄悄的。

在基站恢复通信后,他接了一个电话,而后开始痛哭。

委屈,内疚,后悔,无助……

他失去了一切。

他没有发疯,他只是哭,放声大哭,哭得无比悲惨。

他的妻子得了绝症后,他支撑了很久。

他卖了房子,卖了车子,变卖了一切,四处借钱借钱,他打着四份工。

他跑东忙西,竭尽全力照顾妻子,为此废了身体,得了很多杂症。

日复一日。

终于有一天,他害怕了。

是的,他胆怯了。

他丢下了妻子,不远万里逃到这儿,来要了份森林防火员的差事。

他得逃离生活与灾难一段时间。

他得静一段时间。

有一天,妻子那头的亲戚的电话来了,躲也躲不过了,接吧。

"我妻子,怎么样了?"

"告诉你个好消息,姐姐有救了。"声音冷漠。

"真的?真的?真的?"

"有许许多多的人发动了捐款,治疗的钱绝对够,甚至有余……"那头顿了顿,"可你知道为什么吗?"

"姐姐上了新闻,新闻标题我给你念念,《绝症妻子命悬一线,丈夫狠心抛妻离去》……懂了吧?姐姐之所以能有今天,就是因为你的离开。姐夫,我知道你只是暂时离开,可别人不知道啊!所以,在姐姐病情稳定前,你不要回来了。一来为了姐姐的治疗能继续,二来现在许多愤怒的人正在找你……"

"……好的……我知道了……"

日子一天天过去,妻子的病症好了又复发,好了又复发。

男人实在想她。

于是在认为风平浪静后,他偷着跑出去见了妻子几面。

可开弓哪有回头箭?

他还是被人认了出来,被追着殴打了许久。

可他又能说什么?

他抛弃妻子了吗?

他的确暂时抛下了妻子,因为一时的害怕。

但他绝对没有抛弃。

但这又有什么用?

辩解?谁会信?信了,他们夫妻就成了骗子,治病的钱怎么办?

他能怎么办?

无助的他再次回来。

接着便是森林大火。

那时,他妻子的病又复发了,这次,他说什么也要好好陪陪她。

他们打他,骂他,向他吐唾沫,可他握着她的手就是不松开。

他最后还是被赶了回来。

他觉得他还可以忍耐，妻子一定会被治好的。

他还可以忍耐。

基站被大火烧坏了。

妻子临终前的那通电话没有打通。

他悲恸欲绝，他为了妻子，不与她相见多年，他多想再听听她的声音啊！就算是咒骂也没关系，只要能再听听她的声音。

可妻子死前的电话，用尽全力，流着流不出的眼泪说出的那些话，他再也听不到了……

"她死了啊！

"她死了啊……"

他重复着这句话，哭得肝肠寸断。

哭到睡着，睡到死去。

鸟儿还在歌唱，树木还在生长，森林依旧翠绿。

一切都如往常。

树叶沙沙作响，天地没有声音。

男子也没了声音。

我现在想见见吴先生，想问他这所有的疑惑……

我有些怀念男人了。

睡了这么多年，吴先生一定会睡醒的。

他一定没死。

祝早日见到吴先生，望早日回信。

亲爱的小松松、小参参：

你们是和我相处得最久的两个小家伙了。

这么多年我东奔西跑，在无数人迹罕至的地方逗留，也研究了、照顾了不少像你们这样令我羡慕的小家伙！

不知不觉我已经是个恶疾缠身的老头儿啦！

现在我躺在这片雨林里，好像快死了，只是好像哦，有可能一觉醒来，我依然是那个精力旺盛的老不死！哈哈！

和你们相比，我们人好像死得太快了呢……

假如我死在这里，估计永远也不会被人发现了吧。

也许多年后人们会发现我的残骸，他们会花上几秒的时间看看我，而后离开。

没有血肉的我会得到安宁与平静，就像你们一样。（抱歉，小参参，说好了最后要给你吃的……）

我在这儿写信，你们一定能看到，我已经拜托了附近的树木鸟兽。

原谅我之前一直吊你们的胃口，向小松松说大海的壮阔，向小参参说森林的可爱，还每次故意不说完就离开，说下次见面再说。

不过，你们着急的样子真的很可爱有趣啊。

之前的你们相互之间一直不认识。

但是，收到这封信后，你们可以认识一下，做个笔友。

代替我继续讲述森林与海洋的故事。

你们一定是比我更称职的讲述人。

这么多年下来，我把我会的都教给了你们，对于你们，我很放心。

不过，比你们小的伙伴们就请你们照顾了，我知道，不用我帮忙，大家也终将结识。

负担别太重，万一我醒了呢?

要茁壮成长等我哦，我醒了就会来找你们的!

请记住。

请记住，我与你们同在。

在密林深处，在海洋深处，在洞穴深处，在雪山深处。

在这里。

这里很安静，太安静了。

零碎的阳光飘落下来，星星点点。

天空被层层叠叠的树叶修饰，无时无刻不是黄昏。

远处的鸟鸣悠长而空旷，虫兽隐秘着，不着痕迹，空气中弥漫着草木的酵味。

空幽。

这里很安静。

太安静了，好像没有死亡。

好像，没有死亡。

睡醒了叫我，一言为定。

你们的挚友　小吴吴

裂口女

旅人啊，旅人啊，请帮我个忙。
在午夜的江边，你若遇到裂口女，
请帮我告诉她，我爱她。

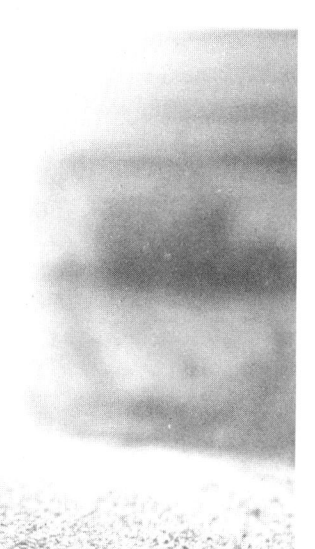

"如果有一天,你成了裂口女,你会怎样?"

我纠结着她问题的逻辑性,苦笑着回答:"估计……会自卑地在家里闷上一辈子吧……"

她看着我,眼睛闪着光。她"咯咯"地笑起来,笑靥如花。

"那你呢?"我反问。

"我?我嘛……我要是成了裂口女,就每天晚上使劲往街上跑,揪着一个小孩儿就问:'姐姐我美不美?'"她故意摆出一副严肃脸,嘴噘得万分可爱,"说我美的,我就从怀里掏出大把的糖、大把的零食塞给他,再给他一个大大的拥抱……"

"说不美的,我就用糖诱惑他,让他说我美!

"对了!要有哪个臭小子敢直接大声叫我丑八怪的,我呀!就在他头上重重敲了一下!"

说着,她在我脑袋上使劲地一敲,接着悠闲地站起身来,伸了个懒腰。

我捂着脑袋向上望去,午夜的星空分外明。

江上开过一艘载沙船,拨开浪,拖着"突突突"的发动机声渐渐驶去,由近到远。

格外宁静。

阵风吹过，大坝上的枯草悄悄地摇晃。黑暗中，她的长发也无声地开始起舞。

我斜躺在大坝上，静静地凝视着她的背影，用尽全力，用尽全力。

就像，从未见过。

整个高中，我可没怎么好好学习过。

别人捧着书奋力地计算酸碱滴定时，我正遮掩着《少年维特之烦恼》在课上看个没完；哥们儿一个个纠结着明天考试的范围时，我却在一旁判断如何作弊比较划算；成绩下来前后，大家都揪着心忐忑无比，唯独我早已释怀。

那时的我，虽没有丝毫沉迷网络，也没有任何不良爱好耽误学习，可就是厌学情绪严重。

于是生活反而变得有趣起来。

事实上，某些学习用的时间一旦用来干些闲散的事情，就会变得特别愉悦而珍贵。

我会在晚读课上伸着头，在喧哗的读书声下给前座的女生唱歌，也会在自习课上悄悄给同桌讲笑话，上课掩着课本看杂志，下课低着头看小说，晚上则在寝室里谈天说地，不亦乐乎。

日子磨得开开心心。

高一下半学期，班主任以方便学习为由，实则是为了拆开"貌似情侣"与驱赶差生，进行了一次座位大调，我的前座换了个女生，名字叫迟新。

迟新长得挺美，小小的头上留着垂肩的发，眼睛大而明亮，皮肤雪白，鼻梁高挺，淡红的鸟嘴绛唇，小下巴，要我说，就像奥黛丽·赫本。

迟新长得挺美，但我不会说。

那天，我在晚读课上给她讲了个笑话，然后点点她的后背，问："哎哎，要不要听我唱歌？"

她说："来。"

唱毕，她说："你唱得不错。"

然后她转过头来，狡黠而自信地说："但是……我更棒！"

说完，她微扬起头，唱起了一首慢歌，接着班主任用书"啪啪啪"拍了她三下脑袋。

下课后，她怪里怪气地问我："这是不是'今晚三更去我房'的意思。"

我"扑哧"一笑，一本正经地回答："猢狲还想学长生不老？"

她大笑起来，眼睛弯成一弯月亮。

"你摘下这世上走得最慢的表，它在今天就像，明天一样。"

我记住了这句歌词，还有那清脆的声音。

在得知我是一个没有爱好的家伙后，迟新便开始格外用心地向我推荐她的爱好。

一天晚自习，我正给她讲着笑话，她又突然转过身来，瞪大了眼睛神秘地问："哎哎，猫砂，你知道Slenderman（斯兰达人）吗？"

我愣了几秒："什么？"

她闭着眼睛挑着眉，故作嘲笑地摇着头叹了口气，然后捏起我的笔，信手在我桌上的作业本上涂鸦起来。

"同志！这可是作业本！"我提醒道。

"呀呀，又没事，一会儿你涂了不就好了。"

我闭上了嘴，静静地看她画完。

她画了个分外瘦长的男人，西装革履，没有脸，一些触手从他背后伸出来,画得很好。

"喏喏,这就是Slenderman!欧美最负盛名的都市怪谈之一。"

迟新来了神气,格外兴奋地开始向我介绍有关Slenderman的一切,他的神通,他做的让人恐慌的事,他有多恐怖,还有他真实存在的可能性。

她脸上泛着红,说到恐怖处凝神屏气,说到精彩处手舞足蹈。

不得不说,她真是一个讲故事的高手,起承转合讲得我全神贯注,不能自拔。

说完这些,她扬了扬头,不无期待地问:"怎样?"

我沉默了半天,突然冒出半句话:"他没脸是吧?"

"嗯!是不是很有感觉?"

"那你说他跟朋友开玩笑'丢脸了丢脸了'是不是特逗?"

她立马拿起笔在我头上敲了一下:"别闹!"

"那你再说,他背上这么多触手……睡觉前是不是得捋直?"

她皱皱眉头,思考了半秒,倏忽笑得合不拢嘴:"哈哈哈……对对,你想想,睡觉前,穿着睡衣戴着睡帽,别人都是把枕头拍蓬松了,就他,一根一根把触手捋直了放好……哈哈哈……"

没等她缓过劲来,我将桌上的作业本合上交给她。

"干什么?"

"哦,您老画的时候可能没发现,这个作业本是您老的。"我欠扁地一笑,"谢谢您借我抄!"

……

嗯,没错。头上被敲了两下,帮她涂了半节课。

从那之后,迟新就爱在晚读课上别着头跟我说各类都市怪谈。

我今天之所以能神气活现地给一个个女孩子说些惊心动魄的都市

怪谈,基本上所有的功劳都得归迟新。

　　说来奇怪,高一到高二,大家的座位总像破碎的玻璃,不断被笤帚扫得七零八落,东拼西凑,可唯独迟新和我就像粘在一起的磁铁,不再分开。

　　真要说人不可貌相,谁能想到这样一个可爱的姑娘不爱漫画小说电视剧,反而把这些诡异事物研究了个遍。

　　我曾调侃她的大胆,说:"以后呀,有不怀好意的男孩子约你去看鬼片,最后绝对是那男孩吓得往你怀里一钻,蒙着眼睛大叫'妈妈',然后你像山大王那样威武地坐着,眼神中散发出慈爱的光芒,摸摸他的脑袋,霸气地说,不怕,爸爸在这儿。啧啧啧……父爱如山啊!"

　　她扭头就是一个栗暴。

　　年年月月,她似乎总有说不完的故事,以至于我未曾察觉时间过得那么快,以至于我把说故事的她当成了一种习惯。

　　每个晚自习的朗读声一响,我就能见她前前后后侦察老师的身影,小心翼翼,而后灵巧地转过来,笑着说起她的故事。我便侧耳倾听,抱怨她的关子,猜测她的意思。

　　仿佛时间永远停在这一刻,不再走动。

　　高二一个周六的深夜,十一点半,我躺在家里的床上,手机响了起来。

　　"哎哎,猫砂。"听着声音,我仿佛能看见她神秘的微笑。

　　"怎么了?"

　　"出来玩玩?我在蓝江边上等你!"

　　"……同志!这可是十一点半!大半夜的你想玩什么?玩我?"

　　"突突突……"话筒里传来江上载沙船的声音,"没骗你吧!我真在江边哪！"

"好好好，我知道了，不过……"

"不过什么？"

"说真的，我家楼道很黑的……"

"害怕啥？有我呢！"

"说真的，我家小区很黑的……"

"害怕啥？有我呢！"

"说真的……"

"说真的，你打开窗户往楼下看看。"

我愣了两秒，赤着脚急忙拉开窗户一看，路灯下她正骑在自行车上，架着双腿，嬉笑地看着我……

真是……快啊……无奈地叹了口气，我穿上衣服，蹑手蹑脚地走出家门。

说来不怕笑话，我从小胆子就不大。

小时候，小区里一群熊孩子整天在一起玩耍，有时玩疯了天黑了都不愿意回家，楼上父母喊了无数次都没用，非得他们亲自下来一个个拎回去才算完。这时候，家长们就会指指我家的窗户，说"瞧瞧人家猫砂，人家多乖！一到吃晚饭的点就回家，从不让爸爸妈妈操心"！

听到这话我差点儿没一口饭噎死，其实我何尝不想玩个痛快，不过，天黑后的楼道，我是真怕啊！

我们在一片黑暗中，骑车来到江边，坐在大坝上，望着江水闲聊。

我问她："你大晚上不睡觉出来逛，你爸妈不担心啊？"

她并没有回答我，只是屈着腿，双手撑着脑袋，看着我说："你这胆子，真遇到Slenderman可怎么办呢？"

"咳咳。"我尴尬地咳嗽了两声,"首先,这种情况是不可能发生的!Slenderman是否真实……"

"所以真遇到了,你就等死啦?"

"……"

"唉……"她叹了口气,貌似莫名地有些伤心,她出神地望了望江面,然后转过头来,格外郑重地说,"算了,让我教教你吧!"

接着,她开始一个接一个地分析都市怪谈的特点,并指出其最大的弱点与对抗方法,有理有据,头头是道,显然做足了功课。

她讲得格外仔细,一丝不苟,我敢保证,这是我见到她做过的最认真的事了。

听得我目瞪口呆。

听完后,我哭笑不得地问她:"大姐您是什么诡异事件机构里跑出来的大神啊?您是专业干这个的吧?您到底花了多少时间在这上面啊?"

她挑着眉笑了笑,说:"每天也就半小时。"

"……你也真够无聊的……"

她愣了愣,接着似乎很满意我说的话,笑了笑,而后安静地望向江面,出神地说:"是呀,挺无聊的……"

那天,我们在江边聊天儿侃地,谈八卦,说趣事,越聊越精神,直到凌晨一点半。

临走前,我站起身来,张开双臂大呼:"聊得痛快!真痛快!只是……有一件事美中不足!望壮士成全!"

"什么?"

"您能送我回家吗……"我不要脸地问。

迟新愣了愣,接着摇着头叹了口气,无奈地说:"走……"

从那之后,每个周六的午夜,我们都会坐在江边聊上几个小时,什么都聊，不过，有两个环节是必定的。

一是她向我介绍她关于"反都市怪谈"最新的研究成果，二是她接送我这"小家碧玉的姑娘"（她是这么嘲笑我的）。

她对于遇上都市怪谈的对抗方法总是很在理又有趣。

有次，望着江，她对我说："你知道遇上了裂口女该怎么办吗？"

我说："愿闻其详。"

"你看啊，裂口女的都市怪谈不是这样的吗？她遇上你，便会摘下口罩，给你瞧她那裂到颧骨的嘴，问你：'我美吗？'若你回答不美，她就会将你杀了，若你回答美，她就会将你的嘴剪成她那样子……"

"对呀，那该怎么办？"

"很简单，绕开她，不回答！"

我"扑哧"一声笑起来。

可迟新却反而一反常态，皱着眉头叹了口气。

"怎么？"

"这样看来……裂口女还真有些可怜呢……"

迟新总是嘲笑我胆小，我便以她腿粗反击——因为除了这个，她实在无懈可击。

论胆量，我确实不如她；论样貌，我这路人甲的脸也实在没法和她比；最让我气不过的就是，这家伙每天神经大条地打着哈哈，成绩却能超重点线不少。

有次她正转过身来，模仿我一次在江边听完她所讲的鬼故事后的表情，我便合上正在看的《挪威的森林》，问道："你知道你有多可爱吗？"

"……啊?"

我不理会她纠结着眉毛,不可置信的样子,继续说:"就像春天的熊。春天的原野里,你一个人……"

她翻了翻白眼,向刘海儿上吹了口气,抢话道:"你当我没读过啊!遇到一只可爱的小熊,它问你可不可以和它一起打滚玩。然后你俩抱在一起,顺着山坡咕噜咕噜地滚下去,玩了一整天。是吧?"

我连忙站起来鼓掌:"对对对对……"然后又坐下:"你就是那个山坡。"

那天我被整整敲了三个包。

当天半夜,她在手机上给我发了个动态图片,下书一行字:哈哈哈!笑死我了,你必须得看看。

要不说"友谊的小船说翻就翻"呢,我习以为常地认为这是什么搞笑玩意儿,便认认真真地看起来:一只老鼠在迷宫中摸索,摸索着摸索着,一个鬼脸猝不及防地蹦了出来!

我吓得"啊"一声大叫,手机脱了手,顺着床缝,结结实实地砸到了下铺波波的脸上。

五秒后,波波红着鼻子,拎着皮带一脸沉默地爬到上铺来,在我面前盘腿坐下,晃了晃手中闪着光的鬼脸。

"波波……亲爱的波波……我错了……"

波波指了指鼻子,指了指我,比了个安静的手势,接着指了指手机,又指了指我。

那一刻,我想起了《功夫》里坐在车中,被包租婆威胁着的琛哥。

我点了点头。

波波放下手机,爬了下去。

要不说我胆小,当晚愣是没怎么睡着。

怕什么来什么，也偏偏是那天，我后半夜尿急。

可我又实在不敢去厕所，光是往那儿瞄一眼都吓得战战兢兢，仿佛那鬼影就蹲在厕所间里。

天杀的动态图片，可恶的迟新！

在床上夹着腿滚到半夜，我实在是受不了了，酷刑啊！于是下定决心，无论如何，这厕所必须上了。

于是我便爬下床来，使劲地摇醒波波。

"哥们儿，睡得香吗？"

波波刚刚被强行从梦中拉出来，自然是一脸的不爽快，看蠢人似的看着我，拧着眉毛点了点头。

"那……为了睡得更香……要不要一起去上个厕所？"

"走开！"波波拎起拖鞋就往我身上砸！

高一那年生日，迟新送了我一块哥特风格的怀表，结果几天后就不走字了。

我连说这生日礼物差评，要拿去修修。

可她却回答："修什么修？又浪费时间又浪费钱，现在你看时间还用怀表啊？况且，我本来就是冲着它好看才买的，你不也是冲着它好看才收的嘛！"

"这倒是……"

"这么看来……外表重要吧！"她突然拐弯问道。

"……"

"你们这些男的呀……不就是这样吗？外表好看的捧得飞起，难看的就不屑一提……"

"哎，等等……貌似现在是某个家伙当选为班花，每天被好多男生追吧……你替我这种长相粗糙的普通人担心什么……"

"哼！那你说，要是哪天我成了裂口女，你还会跟我玩得这么欢吗？"

"哈哈！我这人胆子小，您别吓我！您要是成了裂口女，我就会严格遵守您的章程，在您问我美不美之前赶快逃走！哈哈！"

迟新不依不饶："那我就拿着大剪子，追你一晚！"

自从上次之后，迟新和我之间一直有个约定。我每天替她削一个苹果，她便不再发那些动态图片吓唬我。

要不说什么是"霸权主义"呢……

不得不说，我是个笨手笨脚的家伙，水果刀搁手上，划出的血比削下的果皮还多。每次见到我手指又流血了，迟新虽然总会拍着我的肩笑个半天，可是，接下来的包扎工作却全是由她来完成的。虽然这苹果削得心累，但能在一干男生的注目下被迟新悉心地照料，我顿时觉得自己这伤受得划算。

迟新的生日临近暑假。

高二下半学期放暑假前的那个生日，她反倒送了我个礼物——水果刨子。

"自己能力范围之外的东西呢，就不要轻易触及啦。"

她不无嘲笑地从我抽屉里抽出那把水果刀，并像老干部接待老同志那样，敬重地将那刨子递到我的双手上，"为了更好地服务大众！以后请严格使用刨子进行水果剥皮工作！"

说着，她将那水果刀塞进了书包。

"哎哎，干吗？"

"今天我生日啊！"

"我知道啊！"

"这水果刀就当送我的生日礼物吧！"

"这……可不是屠龙宝刀……而且上头还曾沾了我的血……不嫌脏啊……"

"所以留作纪念啊!"

我霎时无语。

又不是永别,我喃喃道。

暑假已至。

暑假开始后,迟新就再没有联系过我,网络上也没了动态。

她没了音信。

这使我陷入了莫名的空虚中。

有很多时候我对于自己的懦弱深恶痛绝,我痛恨自己一遍又一遍地翻阅她的朋友圈,想从她的过去中找到些许安慰,可又始终不敢主动向她发一条消息。

于是我始终在等待,漫长的暑假使我备受煎熬。

特别是周六,周六的午夜,我辗转反侧。

我会不自觉地听见,楼下有一双脚踏着自行车,悠闲地在路灯下打了个转,而后停下,踮着地。

她向我挥手。

这会使我前所未有地安心。

于是我会一如既往、满脸期待地赤着脚,急忙跑去打开窗向下看去。

空无一物。

而后,一股前所未有的恐惧感会突兀地将我吞没,我害怕在我未注意到的阴暗处,迟新说的古怪异物正贪婪地看着我。我会冒着冷汗地想起迟新对我说的,种种应对方法,想起她对我说"不要怕"时的笑脸。

可我又未曾从其中获得半点儿力量。

我急忙把脑袋从黑暗中抢回来，拼命关上窗户。

而后，等待着下一次幻听的到来。

周而复始，直到最后，我不知是欣慰还是害怕，我终于确定，迟新今晚不会到来。

于是最后，我会待在自认安全的房间内，出神地望着远处的蓝江，那大坝，远去的载沙船，那是一片黑暗而模糊的世界，弥漫着厚重的雾气，让人无法喘息。我看不清，可我确信，在那一片黑暗中，有她的身影。

我想去江边。

可我又害怕出门。

她到底在吗？

我便更加仔细地望向江边，却越发像从未见过般，看不真切。

不知不觉，我发现，自己已然屈着腿坐在窗边，手托着下巴，目不转睛。

现在的动作，与江边的迟新，一模一样。

也只有在这个时候，我才开始明白，迟新给我留下的痕迹有多深刻。

她既教会了我勇敢，又放大了我的恐惧。

她既教会了我追寻所爱的人，也使我越发害怕她与我之间的黑暗地带。

她早已是我生命中的一部分。

暑假结束后，迟新的位置空了。

我左右打听，终于得知她暑期便去了杭州学画，准备艺考。

接下来的日子过得飞快，我陷入了不可名状的混乱中，无时无刻不在想着Slenderman，想着裂口女，又想着迟新。

美好夹杂着恐惧。

不知不觉已是二月，高考在即。

这天，我收到一本自制画集，署名迟新，附带一封信。

她说，三月，三月她便回校恶补文化课，希望她的专座没被占去。

晚上，我迫不及待地打开台灯，信手翻开她的画集。扉页空白，右下角画了一个小人，一本正经地说：连环动画画集，请快速拨着页翻看。

那神态和迟新简直一模一样。

好吧……我大意了……

我遵从迟新的意思，快速地翻看画集，果然变成了一条短动画，还没来得及品味，万万没想到，她在最后画了个特大号的裂口女！

我再次被这莫名的鬼脸吓得一声大叫，所幸这次书没砸到波波脸上，万幸万幸。

半夜，我爬下床，把波波使劲摇醒。

波波一个猛子坐起来："干吗！"

"波波……你睡得香吗？"

"……"

"要不要……再一起去上个厕所？"

波波一脚踹在我屁股上，大吼："走开！"然后愣了两秒，一脸不解地看了看我，问："你怎么被踢了还这么开心？"

"……这么明显？"

"嗯！"

"没办法！就是开心啊！"

就是开心啊！我傻笑着。

可事情并没有按我想象的那样发展。

直到三月末，迟新也没能重返班级中来。

她回来过。

那天中午，她突然回到班级，在我前面坐下，然后从书包里拿出我那把水果刀，削了个苹果给我。

阳光正好，世界安静。

她正准备问我那本画集，我也有千百句话正脱口而出。

"你画得真好！"

"有新故事吗？"

我有好多话要说。

可就在这时候，班主任在门口向她招了招手，她的父亲也在后边。

而后她再没回来。

一个知情的女孩子告诉我，班主任认为许久未回的艺考生回来，会"涣散军心"，对迟新对大家都不好。

迟新被大义凛然地驱逐出境。

迟新父亲只得让她在另一所学校借读到高考，听说，那所学校风气不好。

那天晚上，我看着那被削了皮的苹果，愣了一晚，我闻到了些许血淋淋的味道。

迟新高考失利，与那所大学失之交臂。

他父亲让她选个差些的学校将就着读，她坚决抗争，她坚信下一次她能考进那所目标大学。

毕业酒桌欢笑肆意。

我可以隔着夜色听见她痛哭的声音。

最后,在她与父亲不知道争辩了多少个夜晚后,迟新终于扭转了父亲的心意。

那个周六的午夜,她骑着自行车来找我庆祝。

我们来到江边,一如既往地坐下,促膝长谈。

江风柔软。

我想将那些准备好的话一股脑儿全倒出来,说些有的没的,都说出来,可当目光触及她的眼睛时,又不禁沉默。

我们之间的那层说不清的、厚重的黑暗地带,它依旧存在。

我如鲠在喉。

反倒她照常说了许多,依旧可爱俏皮,仿佛我们从未分别一年之久。

我开始怀疑时间。

临近分别,她反倒突然缄默起来。

她托着腮,全神贯注地看着蓝江,一动不动,好似一尊石像。

又一艘载沙船驶过。

她突然开口:"你不想知道我在看什么吗?"

"嗯?"

"我妈妈。"

"什么?"

"我三岁那年,妈妈淹死在了蓝江。"她依旧托着腮,望着江面说。

"他们都说我妈妈是自杀,可她怎么可能像是个会自杀的人?她那么温柔。每次出门前都会在我的左右脸颊上亲一口,然后摸摸我的头,笑着说,等妈妈回家哦。"说到这,迟新出神地笑了起来,"我每次哭,就往妈妈怀里钻,她的头发很长,蹭得脸直痒痒,她会微笑起来,说些什么,那天的阳光一定很好。因为妈妈很美。后来,我爸爸说我和我妈笑得一模一样,然后我就故作微笑地往镜子里瞧,越瞧便发现笑得越僵,越僵又越想补救,最后,看着看着,我就再也记不起妈妈长什么样了……"

"她怎么可能像是个会自杀的人?他们也这么说,邻居的大婶儿、赶来的亲戚,他们也这么说,我把自己关在房间里,外头好吵,有哭声,有细语声,太吵了。后来,我隐约听到,有人说,妈妈是被水鬼拉下江淹死的。

"我害怕地大哭起来。我去问父亲,他便全力安慰我,他能给的答案毫无用处,我开始害怕,我害怕任何妖魔鬼怪,尽管爸爸想尽了办法让我克服恐惧,可没有丝毫用处。我无法在大晚上一个人在家,我害怕楼道,我睡觉必须开着灯,连门口的灯都开着,我害怕,他们会不会像害死我母亲那样害死我?他们会不会来找我?我害怕。

"直到那天,我开始忘了母亲长什么样子,这使我更加恐惧。"

然后迟新转过头来,红着眼眶对我说:"喂喂,猫砂,你知道吗?这个世界上复仇从来都不可怕,可怕的是无力复仇。"

"于是我决定反抗,我决定复仇。我爸爸当然不知道,我独自开始查阅各种怪谈,并分析对付它们的方法。因为我害怕,所以我必须勇敢。我开始克服恐惧。后来,我在网上看到了一个说法,被水鬼害死的人会变成水鬼。"她苦笑起来,"我第一眼见到这个说法时,感到的竟然不是害怕,反而是激动与喜悦。"

"你知道吗,猫砂?我妈妈有可能正在那边看着我们哦!"

说着,她向江面上挥了挥手。

"我如今虽然忘了母亲的模样,现在的我,和母亲一样勇敢。"

她站起身,伸了个懒腰。

我心头有什么东西堵得厉害,哽了很久,说出一句话来:"你妈妈虽然走了，可她教会了你太多。"

她点了点头，欣慰地说："因为她爱我，我也爱她。"

临走前，她接到了她父亲的电话。

电话那头声音急切，厉声询问迟新去了哪儿，有没有出事，是不是被寄读学校的什么混子欺负了，迟新连忙搪塞过去。

于是我们站起来。

"你父亲担心你出事呢。"

"对啊，可是你要知道，我是不会出事的！"她笑着说，"不管遇上什么诡异事件，我都能化解哦！哈哈！"

"他呀！是怕你在人手上出事！"我严肃起来，"毕竟每年死在人类手上的人，可比死在诡异事件上的人多了去了！"

她顿了顿脑袋，噘着嘴说："这倒也对。"

我迟疑了会儿："……今天，让我送你吧……"

她大笑起来："哈哈哈！算了吧！就你这胆子！这样，今天我不送你总好了吧！哈哈哈！"

"那好吧。"

"祝你……勇往直前！哈哈！"她挥挥手。

"借你吉言！"我欣慰地笑起来，"那我祝你一路顺风！哈哈！"

别往那儿看！别往那儿看！

迟新正被一群混子围起来，领头的女人正将手举起来，不停地抽着迟新巴掌！

大坝边四下无人。

我在大坝下，他们在大坝上。

为什么我会在这里？我今天为什么要走到这里？

为什么非要我碰上这一幕?

他们辱骂的声音越发响亮,他们一拳又一拳地打在迟新身上。

天是不是要塌了?空气好沉。

我好害怕。

我真的好害怕。

我向上看去,发现迟新正看着我。

我双脚开始发抖,感到天旋地转。

我听见围攻的声音,我听见骨头碎裂的声音。

喂喂,走过去就没事了吧。

一步,两步,当作没看见就行了吧,三步,四步。

我眼前莫名地闪现出迟新嬉笑的脸。

"自己能力范围之外的东西呢,就不要轻易触及啦。"

只要当作没看见。

我害怕。

我听见身后传来迟新的吼叫声,我感到头皮发麻,我不敢往后看,我开始干呕。

我回过头去,看见的是一把滴血的水果刀,纠缠的手臂,迟新血肉模糊的左脸,还有直到颧骨,在争斗中被划开的嘴。

他们四散而逃。

我的脑袋开始嗡嗡作响。

我想起迟新对我说过的每一句话,想起她的每个笑容,我的脑袋嗡嗡作响。

我开始蒙头跑起来,嘴角一阵撕心裂肺的疼痛。

我一口气跑回了家,将自己关在房间里。

外面好吵。

我听见响起了的警笛,我听见叽叽喳喳的声音。

外面好吵。

我不敢去看望迟新。

她的脸毁了,她画画的手也毁了。

她再也进不了那所大学了。

……我就是个浑球儿……

我不知道她会在医院里躺多久。

我陷入了无尽的自责与悔恨中,我渐渐习惯上了每天午夜,独自来到江边,望着江水发呆。

我会想起迟新对我说过的每一句话,想起她的每个笑容。

我哭不出来,我哭不出来。

我现在勇敢又有什么用?

"喂喂,猫砂,你知道吗?这个世界上复仇从来都不可怕,可怕的是无力复仇。"

她这样说过。

有天午夜,我一如既往地在江边坐下,察觉到五米开外坐着个人。

她用纱布蒙着脸。

她就这样静静地坐着,沉默,屈着腿,双手托着下巴,望着蓝江。

好似一直在这儿。

我们就这样坐着,望着江水,在这漆黑的夜中,一语不发。

每晚如此。

我会向天上望去,午夜的星空分外明亮。

江上会开过来一艘载沙船,拨开浪,拖着"突突突"的发动机声渐渐驶去，由近到远。

格外宁静。

每晚如此。

我们未曾流露过任何东西，没有悲伤，没有喜悦。

我发现，我们之间的黑色地带已然全部消失。

可事到如今，已无须言语。

每晚如此。

暑假快结束那天，她突然消失不见，就像从未来过。

有人说她去了国外，有人说她依旧在国内。

她再也没出现过。

那天晚上，我预感到什么，我突然想起她说的话。

她说："如果遇到裂口女，请忽视她，什么都不要回答。"

我突然感到前所未有的悲伤，我失声痛哭起来。

我哭得那样悲伤，我哭到全身无力。

我沿着蓝江一路跑去，从城西哭到城东，哭到双眼麻木。

她笑得那样开心。

于是，我至今习惯在午夜的十二点来到江水边，屈膝坐下，双手托着下巴，望着江水，一语不发。

我会从怀中掏出那块再未走过字的怀表，上头的时间春光灿烂。

我会想起她唱的那首歌，那清脆的声音，那可爱的笑容。

然后，与她如出一辙地，渐渐将那最珍贵的笑容忘得一干二净。

正如她希望的那样。

只有这样，我们才会勇敢。

只有这样，她留在我身上的痕迹才会越发深刻。

我会忘了她的模样。

就像从未见过。

"你摘下这世上走得最慢的表,它在今天就像,明天一样。"

午夜的大坝,我会唱着这首歌,静静等待。

江风柔软。

世界残酷。

只不过,旅人啊,旅人啊,请帮我个忙。

在午夜的江边,你若遇到裂口女,请帮我告诉她,我爱她。

不过是偷

人潮汹涌,熙熙攘攘,站在城市的中心,他安宁地笑了笑,笑得胸有成竹。

他莫名其妙地跟了上去。

嘴角中温和地呵出四个字:「不过是偷。」

【一】

我来到波波家客厅的吧台边,坐下,一片橙黄从头顶的磨砂玻璃灯中飘下,房间中包裹着温馨而柔软的光,室温宜人。落地窗外是十五楼的夜晚,城市的灯光像黑暗中的点点涟漪,从冬风中扒拉进来,似窃窃私语的萤火虫不断向我祷告外界的寒冷。

波波端着两杯酒在我对面坐下,说:"你猜我最近两个月如何?"

我思考了一下。

"嗯……保守估计,两个月,十五个钱包?"我知道他在问什么,"当然,这是将你春节期间的活动范围缩小在家里的结果,假如出了门,翻一番!"

波波对着我神秘一笑,提起酒杯,仰头一闷。他摘下眼镜,用右手指挤压着睛明穴,同时,左手竖起四根手指。

"四十个?你这是超额完成目标啊!"我抿了口酒,继而坏笑着戏谑地说,"恭喜恭喜!"

他重新戴上眼镜,露出了他招牌式的胸有成竹的笑容,清了清嗓子。

他故意将头压低,斜探到我面前,轻声说道:"……四个!"

"砰！"瞬间，我的大脑像被子弹击中一般。

我拍着桌子跳起来："什么！不可能！"

老天在上！我们伟大的波波同志两个月不可能只被偷四个钱包！就算祖坟冒青烟了也不可能！当年那首打油歌怎么唱来着？对了！"山无棱，天地合，波波的钱包留不得！"

波波，我的高中同学兼室友挚友，一米八几的大高个儿，一头自然卷，浓眉大眼，方脸。

我不知道原名"周正红"的他是怎么得到"波波"的外号的，不过以我不多的生活经历以及遇到的不下五个"波波"的经验，被叫作"波波"的男子，往往都有一张方脸。

而这位波波便是"波波"中的极品，就是能进化成比比鸟的那种，因为他的脸是我这辈子见过的最方的。

然而他却不丑，准确来说这是张帅气的方脸，有些许俄罗斯硬汉的味道，虽然这位"硬汉"至今只有一整块"腹肌"。

不论如何，他的脸的确方出了新高度，方出了艺术气息，当初我带着他去画室玩时，画室老师一眼就盯死了他，就像饥饿的狼见到了兔子似的，死皮赖脸地拉住他，说什么也要留他给大家做几天模特儿。

"就这个轮廓！这个五官！同学们！百年难得一遇啊！把这张脸画精了，什么ABCD院的校考就是一刀切啊！"激动得满脸通红的老师声调高了不止八度……

我的乖乖，"一刀切"这个词我至今只在老师口中听到过两次，上一次是他得了条极好的鱼时……

而论及生活，与我这种普普通通的路人相比，波波更是一个神话。

因此，波波本人至今都被我戏称为"天选之人"。

在这个世界上，有人属虎，有人属猴，大家都有各自的属相，可偏偏波波属"被偷"。

相信再不会有人像他这样与"偷"结缘了。正如2008年春晚赵本山的小品《奥运火炬手》中白云的一段话所说："我从小与火结缘，我妈说了，谁要是敢跟你争这个火炬手的位置，我和你爹就把他带走！"

波波的"八字"和白云大妈的相似，只是他与偷结缘，从小就不断有人把他带走！

身为被拐卖了四次的模范被拐儿童，我相信他在"被拐界"是有一定权威的，而他四次险里逃生的故事至今还在他们家亲戚间流传。

是的，他的命运之轮在他出生时就已然开始转动。据他母亲所说，波波出生后是放在她枕头边的，由她与外婆一同照料。一天傍晚，外婆突然肚子疼，于是跑去医院厕所解手，此时他母亲睡得正香。邻床恰巧刚搬走，于是病房里只留母子二人。

那个时候他母亲身体正虚，需要全天看护，外婆不敢耽搁太久，便很快回来。

前后估摸着十分钟不到。

快回到门口时，她眼见着一个中年妇女火急火燎地迈大步跨进病房。

她后脚跟进去，立马见那妇人正往母子二人的床边走去，便喊："干吗？"

妇人丝毫没有被吓到，显然是个老手，她知道后头有人，便不多做停留，笑着说了句"走错了"，便扭头出了病房。

仿佛一只燕子打了个转，灵巧得可怕。

外婆自然是疑惑的,但照顾女儿要紧,便不再想这件事。

那天,医院里丢了三个婴儿,隔壁就少了一个。

波波外婆记不得丢了孩子的妇人哭得有多撕心裂肺了,因为当时脑海里只剩后怕,这次与万恶的人贩子在时间上的赛跑一直在她心里重演着,并化为了多年间一次次对大家说着"晚回病房一分钟,外孙子就没了"的欣慰。

在上小学以前,波波将自己的光与热温暖了一次又一次人贩子的心。

刚学会走路不久后的一天,他母亲带着他在超市购物,原本,她是紧紧拉着波波的,可在挑选物品时总要腾出手。于是有这么半分钟,她是面朝着货架的,而波波就憨憨地戳在她侧后方。

就在此时,一个中年男子飞速从她身后走过,顺手捞起孩子,像个没事人一样就往门口走去。

可刚到门口,神态不寻常的他便被保安拦了下来。

"您等一下!"

"怎么?"

"您怎么这样夹着孩子走?这是您的孩子吗?"保安同志侠肝义胆。

"当然!当然!我的孩子!别挡着,孩子妈在门口等着呢!"说着,人贩子向门外挥了挥手,门口一妇女,显然是同伙,也冲保安招了招手。

"哦!那孩子叫什么?"

"超超!"人贩子早有准备,随口说了个名字。

保安同志还想发问,而气氛也渐趋尴尬,眼看着场面要收不住。

可波波却适时地咬着手指头嘀咕了一句:"*dada*(爸爸)!"

气氛瞬间凝固。

再看人贩子，简直要热泪盈眶。

"哎哎！保安同志，听见了吧！现在您有什么好说的？"他顺水推舟地说。

好家伙！他明显被感动到了，偷孩子这么多年了，有哭有闹有疯的，这么配合的从来没见到过！好一声"爸爸"！真是一场及时雨！

向下看去，孩子正用水灵灵的大眼睛柔和地看着他。

这孩子，真可爱！

毋庸置疑，人贩子虽然拐了波波的人，但波波却拐走了人贩子的心。

波波才是"老司机"！

保安见这架势，显然消除了疑心，于是准备放人贩子走。

人贩子别提有多开心啦，正想着今晚要如何疼爱一下这个小家伙，不过显然他没机会了。

"我儿子！"

随着波波妈妈惊天泣地的一声巨喊，从身后猝然逼近的便是一阵发了疯般狂奔而来的脚步声！人贩子知道大事不好，眼见着一旁的保安正要动手擒他，便连忙放下孩子落荒而逃了。

事后，母亲听说了这位活宝不畏艰险，演技满分，在保安面前与人贩子携手斗智斗勇的表现后，深深地明白了一个道理——这孩子，招偷！

在波波上小学以前，他们一家人一直生活在水深火热中。是的，如果非要在这个世界上评比一个"五好心累家庭"，周正红一家绝对能排第二……第一是野原新之助一家。

人贩子在小区门口拿糖和玩具诱拐其他小朋友，那孩子还没来得及反应呢，波波小朋友打远处噔噔噔就跑了过来！一手拿糖，另一只手"咔嚓"就牵上人贩子！

人贩子真是万万没想到,什么叫自投罗网,什么叫守株待兔,今儿算是明白了,这孩子,啧啧啧,真上道!

这便是波波被成功拐卖的四次中的一次。一天后,他在火车站被救了回来,要是民警同志晚一步,恐怕波波就被带上火车,从此命运坎坷。

要知道,波波遭遇过无数次拐卖,成功被拐走的只有四次!可见波波爸妈花费了多少精力在保护这傻孩子上!而他每次被拐都能化险为夷,不得不说运气也是爆棚。

【二】

随着他年龄的增长与身体的发育,波波终于过了会被轻易拐跑的年纪,而在父母的反复教育下,波波的心智也的确使他远离了拐卖。

波波父母总算松了一口气。原以为总算消停了,可按下葫芦起了瓢,波波的人,是不会被偷了,可波波的财物却成了过河的角马群,渐渐被"鳄鱼"一只只吞掉。

在高中生活的第一天晚上,寝室熄灯后,大家便躺在床上聊天儿侃地,一个说我想皮肤变白,另一个说我喜欢研究星座,大家聊天儿七嘴八舌,轮到波波。

寝室里一片漆黑,只有一片浅蓝的灯光从窗外打在波波脸上。

窗外草丛里应景地响起了一片虫鸣。

他食指与中指夹着一根糙米卷,咬了一口,为了晚上肚子不饿,他从家里拎了一箱糙米卷来,他深深地叹了口气,稳住心神,用一种哭笑不得的口气,沧桑地说:"我近期没什么目标理想与爱好,我就想……不被偷……"

然后波波便向大家讲起了他这么多年是怎么走过来的。小时候的"辉煌事迹",读小学与初中时被偷的不计其数的钱包、文具、玩具。

"贼不走空"这个词简直就是为他发明的,因为无论他身上是否有财物,贼总能在他身上开发出剩余价值。

可怜的波波同志,恐怕他便是世界上第一个在公交车上被偷走俩鹌鹑蛋的家伙了。

一千个读者有一千个哈姆雷特。

听完他的故事,波波对床的峰哥摇着头,不无感叹地评价:"当代的雾都孤儿!"我接上话茬儿:"惨堪比三毛,苦可及祥林!"大家纷纷皱着眉,嗟叹着祝福波波今后的日子越来越好,并默默地从黑暗中站起来,将手里的糙米卷如数奉还。

波波盘腿坐在凉席上,看着眼前的一排糙米卷,愣了半天。

"唉……你也别怪大家,今天那箱糙米卷就放在地上……《魔戒》,看过没?我们都被邪恶的力量迷惑了双眼哪……"

"轰……"远处街上急速驶过一辆摩托车,声音拉扯着扎进寝室,穿过波波,直直地冲向远方。

波波默默摘下了又厚又方的黑框眼镜,将右手掌覆盖于双眼上,使劲揉搓,仿佛要将世界从眼前抹走,他深吸一口气,从喉咙里哽咽出四个字:

"这就是命。"

在周日下午回校时,学生们总会拎上一些水果吃食放在寝室里。

寝室里上下铺八张床,可就住七个人,于是那张空出来的下铺自然就成了杂物堆,在柜子里塞不下的行李,暂时不用的书,有的没的,全积了灰尘往那儿丢,在学期末清扫时一群人围着它扒拉,比打开藏宝箱还有趣。

"这本书你的,还是我的?完了!我同桌的!"

"哇！一只1982年的苹果！陈酿！"

"谁上次半夜没手纸撕我《中学生天地》来着！"

不过，虽然学习用品是铁定垫底儿一学期了，不过这堆好货的最上层却始终保持着新鲜与活力！

因为最上层是大家放吃食的地方。

周末晚上你真该来我们寝室看看，那床上堆得五彩斑斓的塑料袋，每个里头都是满满当当，且不说水果，光零食，那就是荤的鸡腿素豌豆，甜的软糖咸饼干，酸的果汁甜牛奶，林林总总，什么都有，可谓一袋一乾坤。

学生党都爱吃。大家学习压力都大，又没什么放松方式，身体也正值发育时期，吃，自然成了要事一件。

我们七个都是住校党，一周都被困在围栏内，生活又起早贪黑的，平日里三餐就是食堂，菜色不多，早吃腻了，零食，校内就一家不大的小卖部，想吃点儿不一样的，基本不可能。

故而在周末仔细挑选吃食带来解馋，便成了一件神圣而伟大的事，一件不做就浑身难受的事，就像西方婚礼，新娘新郎得把手放在《圣经》上，说"不管贫穷疾病都爱对方"，这是一个道理，是必然的仪式。

拎着一两袋吃的过来，不管接下来一周有几场模考噼里啪啦向自己打来，只要想想晚上躺床上嚼着那鱿鱼干，那滋味，腰杆就硬气起来，我就是有了钢叉的闰土，管它"猹"有千般身法，我就是不怕。

我们就读的高中生活两点一线，不过，每天吃完午饭到在教室午休期间，还有晚饭后到晚读期间，还是有估摸三刻钟的闲余时间，于是很多时候大家便会零零散散地回到寝室，洗个衣服拿个书发个愣什么的。

有时候七个人都在，有时候一个人也没有。

当然，都回寝室了，就必须拿点儿吃的带教室吃去，这叫不虚此行。

一开始大家相互之间都不熟络，一个个老老实实地拿自己的吃，很快，哥儿几个搂着肩膀称兄道弟后，看见别人动嘴，就馋得忍不住。

扒拉着袋子，看见也想尝尝的，当事人在场便问问，如若不在，便自在地拿来吃了。你偷偷顺我一个巧克力，我悄悄拿你一把葡萄干；你摸我一苹果吃，我挑你几包果脯尝，相互之间也默许，真问起来，谁谁谁拿过也承认，不能算偷，大家尺度都把握得很好，大件的荤的也没人动，拿的都是些不痛不痒的东西。

大家吃得那叫一个"岁月静好，现世安稳"，可日子久了，有人受不了了，谁呢？波波同志。

这不怪他。

事实上，大家东吃一家，西吃一家，已然形成了一种微妙的平衡，这样吃着和只吃自己的并没有差别，带来的都刚好能吃整一礼拜。

除了波波。

自从一次波波同志发现自己的袋子周五就空了后，他的零食被拿的速度就像脱了缰的野马！由周五见底到周四，再到周三……

这里必须提一下，我们可爱的波波同志，平日里几乎是不拿他人的吃食的，极少的几次也明确征得了当事人的同意。

故而当他发现自己的袋子反而空得最快时，心情是十分懊恼的。

"哎哎，洗澡的两位，那边'山头上'洗衣服的几位！"一天周三晚就寝前，波波提着空袋子往寝室中间一戳，"都停一停！"他抖了抖塑料袋子，在空中蓦地噼里啪啦，"解释解释！"

杜淡金从澡堂里走出来，摸着下巴绕着他研究了半天，突然灵光一现,神气万分地大叫道:"哇!我明白了!波波!你好生聪明!"

"怎么……"

"你看啊,你站在寝室中间折磨一个粉红塑料袋,你是一个处女座,粉红色是你的幸运色,塑料袋属土,而处女座恰恰是土象星座!你折磨它,便是让它替你受……哎哎,你解皮带干吗……哎哎,波波你冷静啊!冷静!我没偷吃!我真没偷吃啊……"

波波坏笑着往地上甩了一鞭:"小赤佬!嘴里一股子我辣条的味道还撒谎,哪里跑!"

杜淡金见形势不对,连忙"啊"一声冲出寝室,一溜烟儿跑了。

波波回过头来,见地上跪着四个人:"波波大人!我们错了!"

峰哥适时地放下衣服,走过来,语重心长地拍了拍波波的肩膀,说:"波波、老干部、Relax(放松,这里为人名)!他们都犯了些小错误,不过,可以原谅!我以后,会好好监督他们的!"

就在此时,跪着的蛋蛋托起了手,由下往上,突然在峰哥口袋上一拍。

"啪!"

一包蒜香豌豆应声掉地。

一群人目光凝固。

再抬头,峰哥早趴在门外,和杜淡金一齐往里头谄媚地笑着说:"波波息怒!波波荡漾!"

【三】

照理说,这次之后,偷波波吃食的情况应当有所缓解。

然而并没有。

事实上,在大家眼里,从波波那里偷小零食吃早已变成了另一项光荣而伟大的事业,而且刺激。

首先必须要明确的是，在和波波熟识并称兄道弟后，大家都发现了这位拥有藏獒一般体格的硬汉，内心其实是条哈士奇。

偷波波的零食吃，他自然是拒绝的，可你就算给他抓着了，他也不会真生气，这时候，你只消请他一顿饭赔赔罪，第二天仍然"想吃你就多拿点儿"。

但若真的只是这样，那么大家对于偷波波零食的热忱不会那么高。

醉翁之意不在酒，发展到现在，虽然也有嘴馋的因素在内，但大家真正乐此不疲地偷他的原因，便是刺激。

是，你被波波抓着了，波波不会真生气……他最多就是默默地脱了上衣，解下皮带，将末端在手里箍紧，然后追着你抽！

波波自然不会真抽，不过请想象一下，面前的大汉怒吼一声，青筋暴起，遮天蔽日地向你冲过来，整幢寝室楼都在震颤，"咚咚咚咚"，天摇地动，皮带在半空中挥得呼呼作响，打在墙壁上"啪"的一声钻进耳膜，吓得你汗毛一立！

谁能不跑？

试问见到这个场景，谁能不怕？谁能不跑？

你自然是扭头就跑的。此刻，你便是刘翔附体，博尔特加持，后头的那只巨怪，那只大虫，别回头看他，逃掉了便是活，被追上了便是死，你只管跑，双脚机械式地打转。

跑跑跑，跑得大汗淋漓，精疲力竭。

然后被波波一把擒住。

"波！亲爱的波！你放了我呗！"你谄媚地笑。

"啪。"波波坏笑着狠狠抽了下墙壁，"知道错了没？"

"波！亲爱的波！我错了！明儿请你吃饭！"

然后他"扑哧"大笑起来，笑得肚子一颤一颤的，汗水在赤裸的皮肤上闪闪发光，你绷不住也跟着乐，两个家伙笑得莫名其妙，笑得手舞足蹈，笑到胃疼。

接着，像什么都没发生过一样，两个人回头向寝室走去，勾肩搭背。

现在想来，少年的开怀大笑，就是这么简单而纯洁。

波波是毕业时才知道我们老爱偷他东西吃的原因的，也是那时才知道所谓的"每日波波挑战"的真正含义，那天，不胜酒力的他"咕咚咕咚"灌下两瓶啤酒，涨红了脸坐下，打了个酒嗝，迷迷糊糊中冒出来四个字："不过是偷。"

【四】

日子飞也似的流逝着，年少时的时间仿佛只有考试与放假，考完放假，返校大考，我们以极其稚嫩的思维定义着极苦极乐的生活坐标轴，在那之间的平淡岁月里撑着船慢悠悠地消磨着不多的青春。

很快，我们发现，有趣的"每日波波挑战"的难度，正在快速上升！

因为随着我们偷波波东西吃的次数越来越多，波波的侦查破案能力竟然越来越强！

真不知道是他天赋异禀还是我们训练有素，他对于"反扒"的嗅觉可谓日渐精湛！

也许对于天生招偷，波波这算是认了命了，要偷你们偷吧，可偷了我得把罪犯揪出来！

你中午拿了他一苹果，他晚上抽出皮带，追着你就是抽！你跟他装傻，他便一五一十地把证据摆出来，说得你哑口无言。你下午顺了他一把马奶葡萄干，他就寝前拿起枕头就呼你一脸，逼得你招。

那些日子，波波招牌式的胸有成竹的笑容简直成了我们的噩梦，只要你面前出现了这张"白面包青天"的脸，就铁定要被皮带追着抽了。

不过后来我们也学精了，偷波波的套路也是层出不穷，可谓八仙过海，坑蒙拐骗，不过很少能逃得过波波的法眼。

有次，一白闲得慌说自己的智商能碾压波波，然后从网上下载了六十多集《猫眼三姐妹》到手机里半夜窝在被窝儿里看，最后他一本正经地得出了结论：猫眼为什么总能成功？因为她们发小卡片了。

"你看啊！我在波波袋子里放一张卡片，说明儿中午我会取走你一块巧克力，事实上呢，当时我就已经取走了，然而不管波波信不信上头那句话，那个时候波波的注意力早就被小卡片所吸引，根本不会发现，至于小卡片，我在《中学生天地》上剪些字下来凑着贴，他根本察觉不到是我嘛！"

然而，一白的愿望是美好的，现实是波波追着他在寝室楼里跑了六圈！

我至今都记得那段对话，我可以笑一辈子。

"哎！你！追我干吗啊！上头又没我名字！救命啊！"

"鳖孙！站住！你倒心挺宽！作个案，管我借固体胶！站住！"

为了偷波波，杜淡金难得地放下了星座测试书，改看《孙子兵法》。有天傍晚，杜淡金突然悠然地合上书，重重地叹了口气，站起身来，自诩已经通晓孙膑兵家之奥妙。

他挺了挺腰，云淡风轻地走到波波跟前，面对着他。

"啵！"

他竟然亲了一口波波！

杜淡金亲完之后立马飞奔而逃，留下傻眼的波波一个人戳在那儿发愣。

约莫五秒后，反应过来的波波暴吼一声："死变态！"抽出皮带

"咚咚咚"就是追!

不久,远处便传来杜淡金的求饶声与哀号声。

啧啧啧……

杜同志!生得光荣!死得伟大!大家翻开杜淡金床前的皇历一看,三个字赫然映入眼帘:宜丧葬。

杜淡金虽然牺牲了,可他临走前的暗号可一点儿没落下,剩下的人一起瓜分了波波的部分零食。

"好一个瞒天过海加暗度陈仓加走为上策!"峰哥咬了一口苹果,连连称赞道。

"还有,这一亲给波波的精神带来了巨大的打击,可谓从根本上瓦解了对手!釜底抽薪!"一白插话道。

蛋蛋突然发声:"你们说……这算美人计不……"

我纠结着挤了挤眉毛,拍了拍他的肩膀,语重心长地说:"这个嘛……就取决于波波了……"

杜淡金说,他这叫牺牲他一个,成就全寝人。

而他的赢面就是:波波绝对查不出什么东西是谁拿的了,查不出,也就没法反击。

他错了。

波波才不管这些,一股脑儿将丢了的东西全算他头上了,那个礼拜,杜淡金咬着牙流着泪请波波吃了三天的饭。

每天晚上,整个闹哄哄的寝室大楼就数我们寝室最热闹,你站门口等一会儿,不久后保准有一玩命之徒飞也似的冲出来,不要命地往前跑,而波波必然紧跟其后,皮带做鞭,在空中挥得"呼呼"作响。

【五】

蛋蛋那天提出的波波的性取向问题很快就有了答案。

一天夜聊，波波被我们套出：他喜欢西梅。

我立马来了神气："哦！我说呢！你最近怎么有的没的都向西梅搭话呢！"

在一次换座后，波波被调到了西梅后头，那时我正是波波的同桌。

事实上，波波对于西梅的爱慕已经很明显了，一提恍然。

波波挺羞涩的，用他的话说，他的立场就是以他为中心的九宫格，坐他附近的女孩子他还有自信搭搭话，若远了，便找不出话梗子。

"谢天谢地，西梅终于是落网了。"

听完这话，我痞笑着评价道："你这架势是要犯罪啊！"

不管波波的喜欢是多么卑微与静谧，他的努力我可是看得一清二楚。

平日里一有话梗，他便想方设法与西梅搭上话，吃的东西总是多带一份到教室，微微颤抖着用手指戳戳西梅的后背，看似轻描淡写地问她要不要。

西梅的生日礼物，他绞尽脑汁地思索了两天，在她收下后，他只是平静地点了点头，一如既往地轻描淡写，然后回寝前绕着操场跑了整整五圈。

西梅就是一普通姑娘，比她漂亮的、有钱的有的是。我问波波："你怎么就喜欢上西梅了。"他说："我也不知道啊，聊着聊着就发现我喜欢上她了。"说这话的时候波波一脸严肃。

这种情形持续了将近半年。

可很快地，也许是有人走漏了消息，也许是波波表现得太明显，波波喜欢西梅的事情在班里传开了，我们知道这不是好事。莫名的绯闻总是带来莫名的厌恶，西梅明显地疏远了波波，谈话敷衍，再送东西也不收了,波波眼看着自己的努力转眼就要化为乌有。

一天,一白回寝室时跟我们讲:"西梅今晚回寝和三起走一起了。"

"什么?"波波拍案而起。

"还绕路了。"

波波大骂脏话。

"还是从操场那儿绕的。"

波波目光无神地软在床上,死了一般。

一男一女一起走回寝室不一定有事,因为同路,但两个人一起绕路就绝对有问题了,更何况,从操场绕到寝室基本等于绕了学校一圈,说没猫腻谁信啊。

第二晚,我们一群人蹲在操场边的树丛后,果然见着西梅与三起嘻嘻哈哈地走了过去。

"这神态,这表情,准了……"峰哥叹了口气。

"可三起上个礼拜才和女友分手啊,之前明明对西梅没意思的……"

波波默默地看着这一切,出奇地安静。

我脑海中闪过我们半夜谈到西梅时起的哄,大家一起帮忙打听西梅喜好的情形,这些影响在我脑海中层层叠叠地旋转,不由得叹了口气。

波波直着眼睛突然冒出一句话:"我这,算是被偷了吗?"

"嗯?"

"女孩子……"

峰哥沉默了半分钟,接着,用力箍了箍波波的肩:"哥们儿,感情的世界没有偷的……"

路灯将波波的脸压入无尽的黑暗,他的表情也变得不真切起来。

"只有抢。"峰哥道。

【六】

三起确实比波波要帅,这使波波陷入了自卑中。

其实比家庭条件波波是不会输的。

他家开了个小有名气的公司,十分有钱,事实上,若不是他家有钱,照波波这个丢法,早就家财散尽了。

然而作为他的死党,我知道,虽然有钱,但他们一家子生活并不奢靡,也并没有因为有钱便有了架子,尤其是富二代波波,平常日子里见到他就俩字:普通。穿着一般,吃食随意,手机还没我的好,往人群里一扔,他就是凡人一个。

然而他还是没有三起帅,也没三起懂女孩。

也许波波对付偷胸有成竹,可对明抢是一点儿办法都没有。

波波仍在努力,尽管他和西梅的关系陷入了冰河期,可他坚信破冰的办法一定会有的。但说到底,波波对于吸引自己喜欢的女孩子的能力实在是不强,除了搭话送礼,真的什么也不会,况且现今西梅为了避嫌对他退避三舍,这些原始动物就会的本能招数更是毫无用处。

眼看着三起与西梅越走越近,基本上就是男女朋友了,而自己的努力全打了水漂,自己连竞争的资格都没有,波波一天天地郁闷了起来。

这段时间里,没人动波波的吃食。

可事实上,波波高中三年从来没有停止过被偷。

我们学校的管理十分严格,可失窃这种事是防不住的。

校内校外都有贼,校内有学生专偷其他学生的手机充电宝,这些东西,失窃了是不敢上报的,因为学校禁止携带手机,不过许多人还是带来消遣的,许多被偷了手机的学生只能咬碎了牙往肚里咽。

校外的贼多如牛毛，单干团伙，进校基本是什么都偷，值钱的一概拿走，现金一票不留，以春节期间闹得最凶。

可怜的波波，就拿手机来说，最惨的一次，星期二晚上回到寝室一摸被子底，坏了，没有！当晚翻来覆去地找，第二天回教室仔仔细细地寻，没有！好，波波心里有底了，被偷了，气得波波抓耳挠腮。

下个礼拜，波波带了一部旧手机来，这次他学聪明了，手机，锁柜子里，这样总偷不走了吧。

过了几天，校外的一个小偷团伙潜入学校，偷走了好些东西，我们寝室谁都没被偷，除了波波。

那天，波波望着分崩离析的锁头，眼含热泪，微笑着对班主任说："还好没什么值钱东西。"这时，我在他身上看到了"伟大"二字。

再下个礼拜，波波买了一部新手机，这次，他终于下定决心了，冒着可能被老师发现的危险，也要将手机随身带着，要知道，大腿根儿鼓着个长方形，不是香烟就是手机，你要说自己骨骼变异就这样，谁信呢，这次，一定，一定不会被偷了。

然后被老师发现了。

没收，学期末还。

"新手机啊！还不如被偷呢！"波波当晚在床上滚来滚去，鬼叫得呼天抢地。

要不说老天有眼呢，波波同学的心愿在第二天就得到了实现，教师办公室招了贼，少了好几台电脑好些钱，波波的手机也被顺走了。

自此之后，波波再也不敢对偷发表任何"危险言论"了。

这还只是波波高中被偷生涯中的一幕，钱包失窃是波波的餐后小点，现金不见是波波的日常套餐。有一次，波波实在是没什么东西好拿的了，小偷就顺手把他的名牌毯子给带走了。

波波气得半天说不出话来。

【七】

这天中午,他和我一同回寝,一副闷闷不乐的样子。是啊,这谁受得了,原本自己追求一个女孩追得好好的,虽然只是暗恋吧,可好歹也在努力,结果半路杀出个程咬金,成了人家男朋友,自己这个"正宗追求者"的挣扎却成了纠缠,令人厌烦。

一学生打扮的人与我们擦身而过。

波波驻足。

空气凝固了一般。

"怎么?"我探着脑袋询问。

刹那间,波波脑海中闪过被偷过的一切,那些手机,那些钱,自己心爱的女孩被抢走的痛苦,那股愤懑瞬间释放!

"死小偷!你给我站住!"一声前所未有的巨吼,波波习惯性地抽出皮鞭就追。

不知道是波波的气场太强还是那小偷做贼心虚,那人回头一瞧,愣了半秒,接着就发了疯似的向前逃去。

两个人绕着寝室楼转了三圈,估计是那贼快没力气了想快点儿离开,竟慌不择路笔直向校门口冲去。

保安见势不对,将那贼截了下来。

"哥们儿……算你……算你……厉害……"

这是贼喘着大气,挣扎着在保安们手下留下的最后一句话。

事后,他们在小偷身上发现了一把锋利的匕首。

事情也就变成了"机智少年勇斗持刀小偷,皮带做鞭步步逼虎入网"。

这下波波可算是出了名了,学校特地为他举办了一场见义勇为表彰大会,本地电视台都为他做了专访,市长更是亲自为他颁发"见义勇为好少年"的锦旗,那一周的报纸,专门有一栏就是刊登"制贼少年周正红"的。

我们问波波,你怎么发现他是贼的?

"猜的。"

"哎!别闹!说说嘛!"

"真是猜的!"

"好!装是吧?好好好,当你猜的,那怎么猜的……"

波波胸有成竹地一笑,说:"我看他那眼神,跟你们偷我吃食时,一模一样!"

那个礼拜天,为了庆祝波波成了知名人物,峰哥请大家撮了一顿,大家吃得欢天喜地,波波吃着吃着却突然不动了。

我摇了摇他:"干吗呢?想什么呢?"

波波半晌不说话,突然顿了一下脑袋,说:"你说,我现在是不是有些厉害了?"

"厉害了。"

"那西梅是不是就不跟我闹别扭了?"

我看了看波波,他夹着半条青菜,悬在半空中一动不动,方脸僵着发愣。

我叹了口气:"还不如美人计呢……"

【八】

波波的"厉害了"并没有为西梅和他的关系带来改善,反而此时西梅与三起的关系已经发展到大家都不好意思在他们面前谈波波的地步,虽然在波波看来,这是有些喧宾夺主,但感情的事确实不好说。

不久，教学楼里又闹了贼，初步估计是晚自习结束后学校的内贼干的。

这次许多人丢了财物，包括西梅，她放在教室里的镯子不见了，这使她情绪低落了不少。

这时，波波颤抖着双手，戳了戳西梅。

西梅头也不回地靠过来。

"我帮你找到那个小偷。"

波波云淡风轻地笑着，胸有成竹。虽然她看不见。

西梅转过头来，表情尴尬而别扭，"谢谢，但真不用了。"

"没关系，顺便。"波波努力想摆出刚才那副胸有成竹的模样，却僵硬地变成了干笑。

下课后，我问波波："你又打算捉贼？这次的贼可不像上次，不会这么明显地放那儿被你抓了！"

波波说："当然。"

我连忙又问道："那你准备怎么做？"

波波再次露出了那招牌的笑容，神秘地挤出四个字："利用天赋。"

在被偷了十多年后，波波终于发现了自己隐藏的天赋。若把小偷比作老鼠，而警察是捕鼠夹的话，那波波，他便是那块千挑万选的、浓香四溢的、令老鼠最无法抗拒的奶酪。

是的，波波将以自己为饵，引诱那只老鼠自投罗网。

只要那贼还准备偷东西，就一定会来这间教室，因为这间教室里，有波波的位子，这是国际惯例，是宇宙运行的法则。

波波便是恒星，名为"小偷"的星球们必须围着他转。

那么，晚自习后蹲在教室角落里，在自己的抽屉里放上几百块钱，就一定能捉到他！

不过这次，波波却失利了，此事终是不了了之。

正如他对西梅的爱，也在这安静的黑夜里，不了了之。

【九】

多年后的今天，波波才向我提起当晚的事。

贼，他捉到了。

是UU。

谁能想到，一个温和善良的姑娘竟是个小偷！

平日里，若要在班里一个个挑出谁最像贼的话，恐怕直到最后UU都不会被选中。

UU，许多男生暗恋的对象，人不仅长得美，性格也是出类拔萃，随和大方，在班里没有一个人对她有不好的看法，故而，说她是女神也不为过。

况且，听说她家境挺好的，不过只是听说。

所以当听到女神UU竟然是那个贼时，我也是大跌眼镜。

"当晚，我摸着黑紧张地望着风，在寝室快关门时，一个身影摸了进来，开始在每个抽屉里摸索，一个，一个，眼见着就到了我的抽屉……"波波拿起一根串，咬了一口。

"这串，什么时候点的？"

"嘿！老婆买了当夜宵的，偷来吃吃又何妨？嘿！你别打岔！到底听不听！"

"继续。"

"我也没细想，偷偷潜了过去，左手拿起皮带，一把抓住了她！这身影立马娇喊一声：'啊！'我也吓到了，定睛一看，竟然是UU！"波波吸了一口气，"也就在这时，一道手电光从窗外走廊里打进来，原来是保安应声赶来！我也不知怎的，鬼使神差就把她的头往下一按,和她一起蹲下,屏气凝神,希望保安别发现我们。"

"老天保佑,保安大叔竟然没走进来,而是离开了。

"站起身后,场面十分尴尬,我说,UU,你走吧,我什么也没看见,然后,我可能说了这辈子最傻的话,你知道我说什么来着?"

"什么?"

"以后别再偷了,假如人一辈子能偷的东西有限,你现在偷光了,以后还怎么偷到男孩子的心呢?"

"噗……"我一口酒喷出来。

"你知道最重要的是什么吗?我也不知犯了什么毛病,在慌忙逃走中,将皮带留给了UU,而直到毕业,直到现在,她都没将它还给我……"

"可我看你们平时没什么交流啊!"

"对啊,一次我问她,能不能把皮带还我,她说,这皮带,她留着是为了防止我反悔告状的,若我反悔了,将她是小偷的事抖搂出来的话,她便可以用它来反将一军的。自从那次之后,我们就好像有意回避那件事一般,顺带着回避了对方,我们再没什么交流。"

"对了,你当时怎么就改了主意不抓她了?就因为她是女孩?"

波波喝了口酒,微笑着说:"你不知道,我们蹲着躲保安大叔时,我的手搭在了她的肩上,她抖得厉害,害怕着一切,和我碰西梅时,一模一样……"

毕业后,我们哥儿几个并没有断了联系,波波依然过着日日被偷的日子,平淡而不凡,不像我们,有些出了事,有些丧了志。

可以说子承父业吧,波波大学一毕业就进入了父亲的公司,收入远远超过我们,跻身所谓"成功人士"的行列。

在一次零零散散的同学会上,单身的波波再次遇到了单身的西梅。

属于波波的幸福终于到来。

【十】

我和波波正吃着烧烤聊着,她推开门进来了。

"嗨!小六!又来玩儿啦!"她一边脱鞋一边与我打招呼。

"嫂子!"我向她挥了挥手中的串儿。

女人定神看了看,愣了三秒,然后怒不可遏地大叫:"周!正!红!你敢偷我的串儿吃!胆子不小啊!"

波波一看架势不妙,撂下一句"你小子",连忙跑起来。

女人抽出腰间的皮带,某根破破烂烂的皮带,"嗷嗷"地就追着波波抽。

"UU!老婆大人!我错了!我真错了!"

那一年,波波与西梅相恋,到了谈婚论嫁的地步。

"你错了你别跑啊!有种你别跑啊!"

那一年,经济危机,波波家破产,一贫如洗,波波父亲病危,家里东拼西凑了一包钱,让波波送医院去。

我问他,不如让我送吧。你……

他坚定地回答:"不过是偷,不过是偷。现在老天爷摆明了是明抢,我还害怕他偷?"

这一次,波波没被偷。

钱,是送到了,可波波父亲的病太重……

"这样这样!明天带你去吃好吃的!真的!饶了我!哎呀妈呀!救命!"

那一年,波波回到和西梅一起租的房子,在卧室里看见了另一个男人的裸体。

波波恍恍惚惚地把我叫出来，目光呆滞，嘴里念叨着，都被抢走了……都被抢走了……

那一年，他失去了一切……

UU追着波波在这间市中心的房子里乱窜，鸡飞狗跳，沙发里被推出来两三只偷偷藏起来的单只的袜子，壁钟后被撞出来一个偷偷藏好的手镯，桌子下面溜出来一张藏好的地铁卡。文胸，手表，不计其数的东西从各个角落中蹿了出来。

那一年，一贫如洗又刚丢了钱包的波波在街上遇见一个"贼"，她认出了波波，她对波波说，自从那次之后，她再也没有偷过东西了，不过，为了偷走一个男人的心，她愿意每天偷走这个男人的袜子、手表或地铁票。

他饱经风霜的脸看向她，问："什么道理？"

"不知是什么歪理，当年一个憨子教我的道理，如果一个人一辈子被偷走的东西是有限的，那就让我超额完成这个份额，这样某人，也许就不会再被偷了吧……"说着，不顾他的反驳，女人晃了晃刚从男人那儿顺来的地铁卡，狡黠地转身离开。

人潮汹涌，熙熙攘攘，站在城市的中心，他安宁地笑了笑，笑得胸有成竹。

他莫名其妙地跟了上去。

嘴角中温和地呵出四个字："不过是偷。"

夏洛克的第三条岸

后来我明白，这事我永远明白不了。告密的那个人，也许是我，或。也许这个故事从一开始就没有我。但这事我永远明白不了。

【一】

一个周末,我正走在路边,天上突然掉下一个女人。

场景并不似动漫或电视剧那样美好:从高空中坠落,女人的肌肤肉眼可见地白了下去。

但,周围的人并不吃惊,包括我。

大多数人庆幸自己没被砸中后,仍然该干吗干吗,少数几个被血溅到的人骂了几句娘后,也只能悻悻离去。街道办事处会很快通知公安部门,警察会极其迅速地清理尸体,并通过白衣上的证件确认其身份。

这只是我们平凡生活中的一个小插曲,甚至连谈资也算不上。

这对于我们来说,太平常了。

你们,看过《夏洛克的网》吗?

蜘蛛夏洛克的孩子从卵中孵出后,借着蛛丝,在阵风吹过时飘向远方。

不知具体是何时开始,近年的风大了些,也不知是何人发现的:女人们只要将头发留至腰际,就可以似蒲公英一般乘风飞翔。

于是,不断有女人将头发留至及腰,登上高楼,随风离去。这么干的以年轻女孩居多。

能再得到消息的很少，有太多女孩因此失踪。

大自然太过喜怒无常，依发乘风的女孩又太容易折断。风一旦停了，运气好的女孩头发保持散开的形状，这会救她们一命；也有运气不好的，自然是摔死；也有遇到不稳定气流或掉入水中而死的。

不过，大部分失踪女孩其实是漂泊到异国他乡，不愿再回来……

总之，这种行为在很多人眼中简直不可理喻。政府发布过禁令，社会各界也不断"监督"，但依然不断有女孩为此而死。

挡不住了，就疏导吧。政府出台相关政策，欲留发飞翔的女性需到有关部门登记，领取身份证件与高空服（那件白色连体衣）才可飞翔。

至于阻拦她们，就让学校、单位、家人负责了。

我不知道怎样定义一个社会是混乱的，是整天从天上掉下人，还是人人都在地上很安分；是人人犯罪，还是对犯罪无动于衷，成为冷漠的帮凶。事实上，人们更喜欢将自己划到大多数人那边，然后指着另一边骄傲并自命不凡地、怜悯地说："看，那就是混乱。"

大多数人总是极力想证明自己是理智的，这反倒十分愚蠢。我更愿意给有点儿混乱的人，讲个有点儿混乱的故事。

【二】

这是一个高二的下午，风大了些。

"要是男人也能飞，那该有多酷啊！"祝豪抱着后脑勺儿在我面前晃悠。

是的，不知为何，男人头发留得再长也飞不起来。

在我们的神话中，享受天空的总是女性：女娲是个巨人，飞向天空的是嫦娥，下凡来的总是仙女……先人们毕竟不想让抠脚大汉飘来飘去的，实在不雅。

更何况老天爷。

祝豪很渴望飞一把,作为他的死党我想告诫大家,你们不会想看见他飞的。极度兴奋的大猩猩看见过吗?那玩意儿飞起来肯定毁三观。

最近他对当"鸟人"已经到了饥渴的程度,有天晚上他正打着鼾,突然冒出一句:"太高了,缺氧。"

本来以为这就消停了,谁知道过了会儿他又猛地掐住自己的脖子,青筋暴起,大喊:"要死要死要死要死……"

我对依发而飞这事没什么看法,既不羡慕御风飞行,也不抵制。因为这的确有一定危险性,摔死人的情况也时有发生,但说到底有很多逝去的女孩本就抱着自杀的念头,另外很大一部分女孩急于试飞,头发根本没沾着腰。

充分准备后摔死的女孩寥寥无几。

但这并不能成为人们不抵制它的理由。

社会上的仁人志士们整天呼吁女性不要漠视自己的生命,守护和谐社会,不断有所谓"拯救想飞女孩"的活动在网上开展,有的女孩就算只是发了条带"想飞"二字的微博,就马上被人肉到祖父那一辈。人们风风火火,人们众志成城,人们互帮互助,总之,这总比大家一直无所事事强。

学校更是对此严防死守,一旦发现有女生头发过长,立刻强制送去理发,并通知家长。就算你并没有想飞,但特殊时期这种行为明显是没有考虑集体与老师、家长的关心的。而对于已经流露出欲飞意向的女生,学校更是积极给予心理辅导……

"人家想干吗关他们什么事?你家炒个韭菜还要挨家挨户问闻得了这味不?"祝豪低声说道。

主席台上,校领导正一本正经地告诫同学们把心思放在学业上,脚踏实地地学习——是真正地踏着地……

台下黑压压一片学生在认真听讲话的很少，听的也是实在无聊得紧打发时间。大家都有气无力地站着等待讲话结束。

"我的讲话完了，下面有请××主任为大家……"

顷刻间，同学们立刻从蔫了的秧苗变成欢呼的小麻雀。

场上瞬间掌声雷动。

在讲话的对比下，鼓掌对于大家来说多么有趣啊！同学们用力鼓掌，花式鼓掌，一边讲话一边鼓掌……

鼓完接着站。

杉川悄悄凑过来，嬉笑着对我说："我正在留头发哦……"

我见她不像开玩笑，便有些吃惊："为什么啊？"

"当然是飞喽！"祝豪也贴了过来，"我们一起帮帮杉川吧！"

"总之，千万不能有飞的念头！"××主任喊得声嘶力竭。

鼓掌！啪啪啪啪啪……大家放松地笑了，看着大家的笑容，××主任欣慰地笑了。

"无论如何我也想飞飞看的，放心，我会充分准备的。"杉川的声音被掌声衬得清脆。

我搞不懂她为什么想飞，杉川自初中便与我很铁，她品学兼优，漂亮有气质，用现在的话来说就是女神，却吃饱了撑得想飞。

后来我才明白：真正的"女神"是神，本就该"飞"的，待在地上反而不正常；"吃撑的"女神反而"飞"不起来，天空是留给"饿"极了的人的。

我开始帮杉川留长发。

【三】

杉川是走读生，在学校时戴了顶不长的假发掩人耳目，只要不剧烈运动就掉不下来。

回到家里要是足够小心，父母也发现不了——据她所说，他父母忙于工作早出晚归的，在家的时间并不多。

事实上杉川此时的头发长度已经到了学校所谓的"警戒线"，站直了能盖半个背。

"估计从现在留到高三下半学期能到腰。"杉川顺了顺自己乌黑的头发，冲我俩"邪魅"一笑，立马在操场上向前跑了几步，衣服"噗噗"作响，秋风打在她身上，竟将她稍稍带离地面一两厘米。

又很快落下。

再跳。

再落下。

于是她便像个孩子般与风玩耍起来，青丝在空中闪烁飞舞，将夕阳揉碎在发间缝隙，火烧云把她映成了半片剪影，整个天地都是一场巨幕。

周末的傍晚，学校操场反而成了世间最安全的角落。

我趁机将祝豪拉到一边："你说她到底为什么想飞？家庭问题？"

"不健康的家庭，能养出这么活泼可爱的女孩子？我觉得你这么想就俗了！人做很多事是不需要理由的，你看杉川飞起来的样子美吗？"

"美……"

"那就让她飞。"

貌似找不出反驳的理由。

事实上，戴假发是很难受的。冬天还好，三伏夏日堪比酷刑。

有天气温直逼四十摄氏度，晚自习下课后杉川连忙把我俩拉到操场的小角落，闭了眼，双手一张，说："来吧！"

我吓到了："姑娘，我们卖艺不卖身的！"

祝豪却一本正经地说："真的可以由我来吗？"

"嗯！"

于是祝豪迅速且极其熟练地摘下杉川的假发，帮她刮起了痧。

杉川中暑了。

我连忙凑上前去一看，杉川的脸都是铁青铁青的。

杉川又把我拉上前去："快帮我挠挠头！痒死我了！"

操场上并没有灯，我们踏在秋草上，飞虫在脚边扑腾，在一片黑暗中我们可以稍稍任性。放学的喧闹声仿佛远在天际，反倒是某个女神经病痛并快乐的嘶吼声在我耳边久久萦绕，让人不由自主地微笑。

【四】

我向来厌恶讨论一些腻歪的东西，但还是想搞清楚何谓"喜欢"。

我是喜欢杉川的，祝豪也喜欢她。

这毋庸置疑。

而我在一次帮杉川偷偷修理分叉时，猛然发觉：我并不是那么希望杉川飞走。

人类的历史一直与占有挂钩：用占有的名声、财富衡量地位；用占有的学识衡量价值。出生不久的婴孩便自然而然地把喜欢的东西攥在手上；死到临头的人对喜爱的这个世界恋恋不舍。

那么占有喜欢的人这件事从任何角度上都是没有错的——我想让杉川永远留在我的身边。

然而这又是一个悖论。

一个周末,杉川母亲难得来接杉川,我和祝豪与她们走在一起。

无非是嘘寒问暖和感谢的话以及一些大道理。

一个女人无论之前多么睿智,一旦扮演起母亲这个角色,便会进入一种特殊而有点儿单调的状态。

但这并不妨碍她们对子女的爱。

但爱又是另一种占有。

祝豪似乎从未想将此上升为哲学问题,他只是一心帮助喜欢的杉川,而我却开始用尽各种方式小心翼翼地劝阻杉川,但同时又越发热切地帮助她留头发。

飞翔的日子近了。

【五】

不久后的一天,我们三个人说笑着走在操场上,迎面走来一个魁梧的中年男子。

杉川看见那男子便"啊"地惊呼了一声,立即像个木偶似的戳在我们中间,我问她怎么了,却发现她漂亮的五官都因恐惧而拧在了一起。

我瞬间明白了,这位便是杉川的父亲。

杉川父亲人高马大,怒目缓缓走到我们面前,一把揪住杉川的头发!

"走!"

接着,他竟使出全身的力气,狠狠地拔着亲生女儿的头发,像拉一头倔驴似的将杉川往门口拉去!

秘密被发现了。

杉川连认错的机会都没有,颤抖着的身体再三失去平衡摔倒,不知是怕还是疼,泪水挂满了她的脸。

我们俩竟连动都不敢动……

看着他们父女俩消失在校门口，一股无力感深深地刺在我们心上。

祝豪瞬间陷入了疯狂，他狰狞地吼叫着，蹲下，双手握得发白，直到瘫软在地面上。

他最终也是跟我一样，沉默着，哭了。

杉川消失了两个星期。

再次见到她时，她的头发又恢复了最初的长短。

我们上前问她发生了什么，她只是凄惨地笑了笑，说没什么。

还能发生什么，还可以发生什么，傻到家的问题。

接下来便是全校批评。

校领导站在主席台上，涨红着脸举着拳头，点名批评这个反面典型。

意思大概是：八班杉川同学不好好学习，不思进取，没有考虑同学，考虑家长，考虑自己（呵呵，排比句，韩寒说得没错，排比句专家果然是这些人），妄图飞翔，予以严肃批评，此事记入档案。

如此简单的事竟说了整整一个小时。

"批斗会"结束后，杉川便成了"可悲"的代名词。

是的，在学生、老师、家长眼中，这个女孩是多么可悲啊，竟然想要放下学业去飞，于是关于她的各种流言开始在校园中流传，关于她为什么想飞的说法有很多，也不外乎"不幸"这两个字。

而在祝豪眼中，杉川便更不幸了。一个想飞的女孩，竟连实现自己梦想的机会都失去了。

他抓着头发自言自语："这个世界没有疯，只是有点儿奇怪。这些人没有疯，只是太过正常。杉川的身上没有锁，可就是飞不起来。"

说着他便笑了，笑罢，他又哭了。

我突兀地感到迷茫，仿佛那位《河的第三条岸》中的父亲，漂流在河岸之间，我无法认同大部分人，也害怕靠近杉川、祝豪他们。一股恐怖感扑面而来。

来不及思考所谓的归属问题，不久后的一天，祝豪把我领到了教学楼楼顶。

天空卷着黄昏阴沉下来，秋风混和着西伯利亚干燥的冷空气冲入我的口鼻，衣服在身上"噗噗"作响。

杉川早已在等我们了。

她微笑着走过来，笑容温暖柔和，抓住我们两个人的手。

我们三个人在楼顶边缘停住。

杉川慢慢转过身来，轻声问我："你愿意和我们一起乘风离去吗？"

音符向我飘过来，时间凝固了一般，让这句话变得遥远，远得我不敢接。

冷汗开始从我身上钻出来。

"可你的头发只有这么短，你也没做过登记，你想死吗？自杀吗？还有……"

杉川没理我，只是平静地看向远方。

我又猛地拉住祝豪："你也疯了吗？男人飞不了！这你又不是不知道！你们搞什么啊？"

祝豪只是对我笑了笑，挣开我的手说道："我们只是问你愿不愿意而已。"

我战栗起来，瞳孔开始散光。

我突然发现无论我如何阻拦也无济于事了，这仿佛便是该有的结局，想跳出命运的两个人的命运早就被书写好了。

"不！不！不！"

我疯狂地甩开杉川的手，像条落水狗逃也似的向楼道跑，双腿脱了力却又不住打桩似的向前跑！跑！跑！昏暗的天空，跑！昏暗的走廊，跑！跑！跑掉就没事了！像只败犬似的逃掉就没事了！

接下来的事我便记不清了，大脑缺氧使我眼球发麻。全世界只剩下我的喘息声。

可不由自主回头。

我清晰地见到：杉川与祝豪面带微笑，俯身跃起，杉川的秀发伴着秋风在空中荡漾，黄昏的太阳把云烧成了一座残楼，世界打了个转，又落在风中，他们先是在空中顿了会儿，便手牵着手，飘向远方。

仿佛本就该这样。

恍恍惚惚挨过了高三……

【六】

我至今也不知道他们究竟是摔死在了楼下还是乘风飞走了，那段回忆总在我面前闪过，却又是破碎不堪的。原本热忱的人们，在一段时间后便散开了，依旧不断有女孩飞走，只是死亡率奇迹般地降到了极点。

原来是这样：这只不过是群无所事事的人的闹剧，无所事事的人对着无所事事的人评头论足，真正长着脑袋的人早就飞走了。他们早已不在这个世界，无论死亡重生。

尽管这样，有件事我是知道的。

只剩我一个人了。我高考、上大学、工作、结婚……过我的生活。

可我常常反思当初为什么会变成那样，究竟是哪里出了问题。

后来我明白，这事我永远明白不了。

告密的那个人，也许是我，我。

也许这个故事从一开始就没有我。

但这事我永远明白不了。

因为我只是一只瘪了的气球，既无法向天空飞去，也注定落不到地面上。

我的心灵终究只能徘徊在那不高不低的第三条岸，永无解脱之日。

定格

我不会让别人在这男孩之前看见他母亲的琥珀的——爱的目光不允许被玷污。

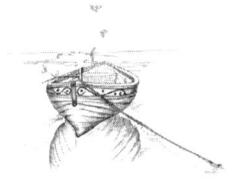

【一】

前两天,我接了一单生意。

一对年轻情侣想殉情而死,便找上了我,让我把他们做成琥珀人。

黏稠瑰丽的透明松脂似熔化了的夕阳从头顶缓缓落下。我面无表情地对他们说:"吻吧!放肆地吻!吻至窒息!请做出你们一生中最痴绝的表情,这样,你们的爱便会永存于世……还能卖个好价钱。"于是层层叠叠的液体开始包裹他们,女子的婚纱被我巧妙地打造成风吹仙袂,男人西装上的玫瑰在橙色中绽开。晶莹剔透的色彩开始向他们的脖颈儿蔓延,我在他们的正脸处打上一个气泡,并等待液体的凝固。不多时,两个人已完全被裹在坚硬的琥珀中。

黑暗的角落中渗出我的声音:"请笑吧!开心地笑!"气泡中的两张脸挂起了微笑,然后在一瞬间,一把冲枪残暴地插入其中,极快地用速凝松脂固定住了他们的笑容。

琥珀人,完成了。

我从黑暗中走出来,食指不住地摩擦大拇指的指甲,但这无法遮掩从内心迸出的紧张与自责。

全世界只剩下他们的心跳,透过琥珀的共振实在是凄美婉转,寻着这声音的结局，便是觉察到自己胸口的沉闷——那儿并无搏动，琥珀工艺师是没有心跳的。

【二】

我推开储藏室的大门，将这对情侣送进昏暗的灯光中。

两边是一座座人高的琥珀，喜怒哀乐的各异情态是我的藏品。我从他们身边走过，任他们的目光照着我。谁知道他们是否还活着，但只有心死的人才会出现在这儿，包括我。

我与北面对决的日子近了。

我们是这座城市里仅存的两名琥珀工艺师。琥珀师，将人制成琥珀，将人定义为商品，通过死亡来偷取永恒。然而讽刺的是，这残忍而绚丽的艺术竟受国家保护，杀害琥珀师被定性为死罪。而唯一能合法杀掉琥珀师的方法只有一种，作为琥珀师与之对决。

输掉的人成为对方的藏品。

屏着呼吸，我抚摸着一尊尊光滑的琥珀，这些，原本都是琥珀师，他们制作了一辈子琥珀，却被我终结。

我憎恨他们！这些以美为借口的恶棍，以毁灭为生的垃圾。

我要杀了所有琥珀师。

就差北面了，与我有大仇的北面。

【三】

北面，四十五岁。是琥珀师中的神话，被他终结的琥珀师不计其数。

我却了解他的一切。他的松脂配方、工艺技巧、造型特点……他会的一切我都会，并且，我比他年轻十多岁，我很肯定，我在很多方面已然超过他。

只是，我缺少一个能打败他的琥珀，更具体地讲，我缺少原料———一个人。一个美到能让琥珀发光的人。

然而约定的日子就要到了，这使我心烦意乱，正当我一筹莫展时，门铃响了。

一个绝美的女人走了进来。端庄、贤淑、脱俗。

"你好。请将我做成琥珀人。"

D小姐。她答应被我制成琥珀人，前提是我答应她一件事。从见到她的第一眼起，我就知道，她是我要找的那个人。

阴云似铅石压着地面，巨松被风吹成了战栗的死士，乌鸦悲鸣的回响在怪石间渐行渐远。

D小姐的声音将闪电映得惨白，那句交换条件让D小姐闪烁发光，却也让人心悸。

我停下指间的摩擦。

"我答应你。"

松脂像一块巨幕渐渐落下，将D小姐的身体吞没。白色连衣裙在那抹绝世的橙色中荡漾，我目不转睛地盯着她，生怕错过一毫秒。琥珀就像神垂下的泪，安静又摧枯拉朽地充斥着婉转。

她眼中的那份情感美得惨绝人寰，我双手颤抖起来，终于忍不住冲了进来，抱起D小姐还未被淹没的红唇吻了起来，直到松脂快落下不得不离开。

我发现，琥珀杀掉的人也许本就是琥珀。

真是美到极致。只是，我无法愉悦起来。

心脏开始抽痛。

【四】

决战的日子到了。

漆黑的广场中央丘比特有气无力地端着箭，平民权贵蜂拥而至，城中万人空巷，温泉小心翼翼地湍出坚固的水，地砖像象棋上的黑白格，杀了所有人的脚步。

我与北面伫立在两尊黑布掩盖的琥珀前。

北面脸色阴沉得与天空无异，胡子拉碴，面容干瘪苍老，仿佛上千年的老者石雕。

人群安静下来。闷雷在我们头顶炸开。

我的呼吸不见了。

北面用手摩了摩指甲，说："开始吧。"

他缓缓拉下黑布：一对青年夫妻映入眼帘。

我的食指疯狂地按在大拇指的指甲上，血液冲入我的双眼，似要从胸口溅出，我癫狂地吼道："我就知道！我就知道！哈哈哈哈！我就知道你会把他们两个搬出来！"我的牙根都在发颤，"十五年前，原本颇有声望的我们家家道中落，我父母欠下巨额债务，便请求琥珀师将他们做成琥珀人，用卖出自己的钱还债。当时，所有的琥珀师都拒绝了！除了你！"

指甲碎了。

"如果不是你！要不是你答应了他们！也许还可以从头再来！也许我也不会成为孤儿！都是你！都是琥珀师！是琥珀师带来了这条通往绝路的所谓希望之路！"

父母的岁月定格在我面前，目光无论如何也送不到他们身上，我垂下滴血的手。

呼上一口气，任浊气拍在脸上，灰暗的风衣不停抽打我的脖颈儿，一股莫名的安稳的感觉浸渍了我的大脑，呼上一口气。

"但，今天我输了！"我将黑布拉下。

并不是D小姐，而是那对情侣。

"我无法赢过父母对我的爱，父母绝望与希望交融的目光是无法超越的，我输了。"

广场上一片惊呼。

北面愣住了，死人一般的眼角渗出震惊，沙哑的嗓子说不出任何话。

又一道炸雷。

北面的声音似从远古飘来，他干瘪的脸笑了起来："不，输的人是我。"

他的手指开始摩擦指甲："那年，我刚从北面来，便遇到了你的父母。他们跪下，哭到咳血地求我，我原本并不接受。"

北面退后两步，广场中出现了一盒人高的松脂原料。

"但他们对我说，他们的孩子在那群人手上，不还债便将你做成琥珀人。我动摇了。"

欣慰又解脱的笑容。

"你父母的这尊琥珀，是我送你最后的礼物。"

说完，北面纵身跃入松脂……

【五】

D小姐来的那一天。

她哭着跪下，泪水打湿了我的裤脚，冰雨飘进来，刺伤了我的骨，使我站立不得。

我从未听过如此撕心裂肺的哭喊。

她说她是个单身母亲，丈夫因赌博而亡，又欠下天文数字的赌债。而她的儿子，她年仅五岁的儿子在他们手上。她没有时间了。

哭至咳血。

心脏开始抽痛。

我答应了她,并承诺:将她的儿子抚养成人。

……

拾级而上,我向家中二楼走去。

终究是心软了。

杀了北面是我活下去的动力,而最终我却未拿出D小姐。

北面死了,我活下去的动力却多了一个。

打开门,房间的阴暗中蹲着一个小男孩。

我走近他,缓缓蹲下,紧紧地按住他的脑袋,从牙缝中挤出一句话。

"是我杀了你母亲,有本事长大了来杀我。还有,从今天起,我是你师傅。"

我决定把他当作我的儿子来养。

摩了摩指甲。

现在,城里的琥珀师就剩一个了,我,那么谁来杀了我呢?是他吧。

我不能死,我得完成对D小姐的诺言;我必须死,我是罪恶的琥珀师。

我不会让别人在这男孩之前看见他母亲的琥珀的——爱的目光不允许被玷污。而且,这尊琥珀也将是我送他最后的礼物。

我的师傅,北面,他也是这么想的吧。

我摩了摩指甲。

百分百花心的测试狂魔

测试,多么虚假的骗局,多么空洞的言语。

这一切的一切,却还是让杜淡全奋不顾身地投身其中,毅然决然地坚信不疑,迫不得已又情不自禁。

【一】

杜淡金猛地从上铺挺起身来,捏着手机得意扬扬地对我们喊道:"姓名杜淡金,测试结果为花心指数百分百!生性浪漫的你魅力无穷,相貌端正,吸引异性似乎是自然的事情,想不花心都难。哈哈,这也测得太准了!来来来,你们也上这网站测测……"

高爷"啪"地一下将一只拖鞋飞上去大骂道:"凌晨三点不睡就算了!吵什么啊!"

上方瞬间没了声音,高爷满意地翻个身想继续睡。

"啧啧啧,毕竟狮子座……"某个幽怨的声音轻轻地响起。

于是高爷的第二只拖鞋也炮弹一般地命中某人:"杜淡金……明天的求签钱……老子不借你了……"

【二】

记得入学那天晚上熄灯后,第一次见面的大家在寝室里聊得不亦乐乎,唯独杜淡金跟个死人似的一句话不说,连名字都没报。青春期的男生什么都聊,从游戏到体育,愣是没一样吸引他加入。后来高爷实在忍不住了,就问:"上铺,你就不说点儿什么?"

房间中瞬间没了声。

忽然，幽幽的黑暗中传来一阵悠长的吐息声，紧接着，一个略显尖锐而神秘的声音经由天花板反射到每个人耳中：

"你们……听说过五行吗？要不要我给你们测测……咯咯咯咯咯……"

我顿时感到心脏像被猛击一拳：得！完了！我们寝室里有个神棍！

想必其他人也是无言以对，场面一时冷了下来，没人敢接他的话，看看对床，波波已经尴尬地笑了笑蒙头睡觉了。

可没想到，没人接他话，杜淡金自己倒开始喋喋不休地讲了起来。

我可不愿意继续听下去，连忙学波波把头往被子里一蒙，睡了。

我提前说一声，杜淡金是我此生见过的最贱的人，没有之一，而且深入了解他之后你会发现，贱真的是需要天赋的。就拿他来说，此人真真是将一本正经和人贱无敌完美糅合的世间第一人。

例如，开学第二天他是这么解释前晚的怪异的："哈哈，我就是想测测你们遇到比较扭曲的室友会有什么反应。"

峰哥听了他的话，抬头看看他，摸着后脑勺儿露出一副天真的笑容，默默抄起拖鞋追着他就开始打。

从此之后，拍杜淡金的责任就交给峰哥了。我毕业的时候测量过，三年杜淡金拍下来，峰哥的胳膊粗了不止一圈，想来打脑残也是一个体力活儿。

杜淡金是这样介绍自己的："你们也知道，姓名中的五行会影响一个人的命运和长相（大师，我们不知道……也不信……），我呢，杜淡金，这名字中五行俱全。"说着他压低了声音，"这可是当初我爸和我爷爷找一个非常有名的仙姑测出来的呢！说我取这名必定是人中龙凤！"

大家听到这里相视一笑：这孩子的病根找到了，原来是遗传。

杜淡金对自己的相貌十分自信，说什么，五行对应五官，名字使自己必定五官端正，风华绝代。

然而说实话，大家对他的评价总是：离帅差了那么一点儿。

我们都会有这种朋友，观察他们，无论如何也说不上帅，可又莫名其妙得像某个明星，于是仔细推敲后发现，他们离帅，离明星脸就差那么一点点，但脸终究有些瑕疵，不是眼距开了一些，就是鼻子塌了一些，说来实在遗憾。

杜淡金就属于这样的人。我后来仔细想过，也许他名字影响五官的理论的确有用。因为若把他的五官单独摘出来看，你会发现，他的眼耳口鼻眉没一件不完美，但合在一起却又普通了起来。

这么说来，五行对他五官的保佑已然到位，但或许是略微跑偏吧，又使他无法尽善尽美。

只是希望他的人生不会如此。

【三】

杜淡金极其喜欢测试，而且什么测试都接受。从各大心理测试网站到桥洞下的算命求签，从《易经》占卜到塔罗牌，他能把每种测试的流程如数家珍地报出来。

零花钱不多的他时常向峰哥借求签钱，峰哥倒也乐意借，因为以此来要挟实在是一个不错的能让某话痨闭嘴的方法。

但，我之所以总结杜淡金是测试狂魔，并不只是因为他单方面地做测试，他本身也极爱测试身边的一切。

拿他自己来讲，他可以说是我这辈子见过的唯一一个发自内心爱着考试的学霸了。或者说，他学习的动力本身就是考试——这种我们习以为常的测试。然而哥儿几个真的很嫉妒他的是，他的脑子实在是太好了！无论何时去观察杜淡金同学，你会发现他简直什么事都做，除了学习。天知道他的成绩是怎么保持全校前十的！

然而他的所作所为实在是配不上他的智商。

因为他常常做一些莫名其妙的测试。"我就是想看看会有什么反应。"这句话可以解释他一切反常的行为。

有次在街上遇路人问路，他立马摆出一张横脸，一句人话不说光黑着脸瞎指路，把人家唬蒙了，连忙逃走。峰哥就问他："认识？有仇？"回答："哈哈，哪有，我就是看看他遇上没素质的人会怎么样！"

我们立马回头向对方连连道歉，剩下峰哥追着他打了半条街："我今儿就让你见识见识什么叫没素质！"

还有次半夜走在街上，突然兴致大发装跟踪狂跟着一姑娘整整四条街。

那次就他一个人，要是有我们早给他拦下来了。据杜淡金同学描述，那女孩最后走着走着腿都抖了！

记得我二大爷在我还小的时候曾对我说过一句话，至今受用：人这一辈子，总会遇见些坏人，就像谁活了这么二三十年还没见过裸奔哪！

我这人脑子笨，坏人分辨了这么些年没分出来几个，但裸奔的是真见着了！感谢杜淡金这位活神仙！

那次是这样的，杜淡金同学循环了雨神的歌好几个星期，终于将目光锁定在了《王子的新衣》这首歌上。

大家伙跟他相处的时间长了，早有了对他即将神经病发作的预感。没想到，平时的症状是毛毛雨，那么这次就是山洪暴发了！

他大半夜脱了个精光说要去裸奔！

不不不，这不是重点，重点是，那晚峰哥回老家了！得了，老虎回了家，猴子称大王！

波波立马拉住他："大爷冷静！这要是被人拍了照你还不得名誉尽毁？"

"哈哈，"他心倒宽，"没事！我戴了口罩和领带！"

"口罩可以理解！领带是个什么装备！"波波吐槽得下巴都着地了！

"我就是想看看大家看到变态的反应啦……"

在同志们心中他早就是变态了……有没有衣服都一样……

没峰哥我们真镇不住杜淡金，但最后大家还是取了个巧留住了他。波波翻出了当天的某个网上皇历，上面有一行着重写着：衣着得体对你很重要……有了理论依据之后，加之大家死命劝阻，总算是把这家伙搞定了。

后来我们问波波，他怎么就知道当天的皇历这么写呢？

波波奸笑一声："是我自己打上去的！"

第二天峰哥回来把杜淡金一顿收拾后，他的裸奔计划总算泡了汤。

以上种种只是杜淡金行为中的一小部分，不再一一列举。

他爱测试，因为测试，他总是正经着犯贱，像一个婴儿般用"我想看看"的视角观察着这个混乱不堪的世界。

我一直认为，测试，是他的一切行为准则与最终目的，直到高二他喜欢上了隔壁班的女神——U。

【四】

和任何思春期的男孩一样，当发现一个女孩的迷人后，他的全世界便被她充斥，不得自拔。

但他毕竟是杜淡金。

杜淡金对待感情的态度勇敢，但追女孩的方式也充满杜氏风味。

U生日，他送了老大一块紫水晶，然而随水晶附赠的寄语竟然比水晶还重！打开一瞧，前几行工工整整，写的是美好的祝愿，但杜淡金这人，一聊到兴趣就开展得飞快，从第五行的"说到这块紫水晶"开始，半仙的口吻就出来了，杜大仙洋洋洒洒十多页基本上就在介绍这块紫水晶有多好了，写到最后，这块水晶不仅能延年益寿、安神定气，貌似连起死回生、撒豆成兵、腾云驾雾的大能也不在话下了。

哥儿几个谁不知道他的心理啊：我就想看看U见到这会有什么反应。

作不死他……

大家也不知道U是怎么想的，反正在我们看来她收下就已经是奇迹了。

过节过生日送这种说得不好听是迷信的东西，向来是杜淡金的风格，然而不得不说，并非紫水晶，而是杜淡金这十多页的"广告"竟使他被U评价为"相当有趣的人"，并使他俩正式搭上了话成了朋友。

说是傻人有傻福也不为过。

自此之后，杜淡金每次求签的对象、塔罗牌占卜对象、星座配对姓名配对对象……总之是一切可测试的对象中就多了U。

他测试U的一切，财运、学运、爱情运，只要结果是好的，他都欢呼雀跃；结果是差的，他又莫名地失落。在U面前，他自己的测试结果也变得不再那么重要。

每当见他傻傻地测试的样子，目不转睛地盯着屏幕，对结果期待又害怕使得自己下意识地咬着上唇的样子，大家都会略显无奈。

要我说，杜淡金默默地虔诚地祈求虽然盲目，却比某些张口闭口就是爱的家伙好多了。就像我二大爷曾说的，同样是空洞，有些人把自己填进去了，有些人却把别人填进去了，谁聪明谁傻也未可知。

【五】

杜淡金也不知道使了什么魔法,他与U的关系日渐浓厚,现在已经到了无话不谈的地步,大家对此感到无法置信,用峰哥的话来说,"难道这事要成?"

然而,阻碍来了。

U的"正统追求者"刘高突然找到了杜淡金,要找他约架,输了就放弃U。

"几岁啦……还约架?你可别答应他!"

"可是……当时我火头一上来就给答应了……"晚上回寝室时杜淡金才提起这事。

"那你不摆明了输吗?人家刘高这外号怎么来的?你身高才到他肩膀,他又是田径队的,还练空手道,拿四个你也打不过他!"峰哥道。

没想到杜淡金一副轻松的样子,神秘一笑:"我自有妙计。"

约架当天。

约架地点东山中传来一声峰哥的巨吼:"这就是你的妙计?我叫你爸爸行了吧!你就活该被人打死!"

杜淡金的妙计竟然是:让我们全寝室的哥们儿以金木水火土摆开一个什么大阵藏在附近!说这样他五气加身必有神力加护,一定能赢!我的天!这娃没救了!

在杜淡金的坚决要求下,大家还是提前藏在附近草丛中摆开"大阵","助他一臂之力"。

随后刘高就到了。刘高也是痛快人,上来衣服一脱大喊一句:"来!"

只见杜淡金"哇呀呀呀"地叫着,气从丹田生,力往脚尖使,一个猛虎扑食……立马被刘高摔在地上，骑着就打。活脱脱一出"武松打大虫"！

杜淡金满嘴脏话，毫无招架之力，最后实在忍不住了："你们在看什么啊！上来帮忙啊！"

峰哥早忍不住了，一声"上"就飞到了刘高身旁，大家也纷纷上前招呼。

刘高抬起头四下望望，大喊："杜淡金！你有种！叫人！"立马跑了。

哥儿几个抬起杜大仙一看，眼睛是紫的，嘴角是紫的，下巴是紫的……倒挺像葡萄味的QQ糖。

"哈哈……我说什么……有你们摆的五行大阵五气加身，我一定赢！"

我大吼："这跟什么五行有什么关系！"

峰哥无奈地叹了口气："今天看你已经伤成艺术品了，哥就不创作了……走……回寝……"

【六】

刘高的事到后来也没后续，想来是因为杜淡金和U关系发展得太快的缘故。

是的，万万没想到，他俩竟在高三开学相恋了！

从此之后，每次约会杜淡金都会给U带上些什么保佑健康平安的"宝贝"（至少在他看来是），今天一条链，明天一个环，等到毕业那天U若把所有赠物戴在身上非活活压死她不可。

而对于杜淡金的神经病行为，U竟然格外喜欢，想来女生的思维也许真的和男生不一样吧。

杜淡金和U就这样平稳地相恋了一年，直到毕业也没分手，这在校园恋情中着实少见。

毕业那天,峰哥请大家吃饭,聊着聊着醉醺醺地就从胸口掏出一块玉来——杜淡金送的。我们也都笑嘻嘻地从口袋里,从袖口中亮出杜淡金的赠物。

杜淡金,一生一世的铁哥们儿,他对大家的感情,着实是沉甸甸的。

大家细数了一下,三年下来,杜淡金虽然没请过一顿饭,但送了我们每个人两把长命锁、四块玉、三串水晶以及各种帮我们求的签与符。杜淡金不仅喜欢往U身上套这些他深信不移保佑她远离一切苦难的宝贝,对我们这些哥们儿也从来没亏待过。

我不知道对于不信这些的我们来说,这些礼物的价值为多少,但他在大佛面前磕的头,在求签处锁的眉,在购长命锁时的认真,这些的这些,世间有几人能消受得起?

而我们能做的,也就是在两年后他向U求婚时,默默为他加油!

"U,你愿意和我一直在一起吗?"

"愿……"

"等等!"杜淡金忽然打断了U,飞也似的跑了出去,一边跑还一边说,"等我!就一会儿!"

十五分钟后他回来了,摸着后脑勺儿笑着道歉:"哈哈!我忘了给我俩测个婚前八字了!哈哈!对了,宝贝!我知道你愿意!我就是想看看……"

U大叫一声"可恶",抄起花束就往杜淡金身上打……两个人打着打着就抱在一起忘我深吻了……

这么看来他俩这性子还真合得来……

大仙所测:这二人的八字相当之合,在一起一辈子和和美美。

筹备婚礼期间杜淡金最忙的反倒是在各种渠道测试他俩的婚姻适

合程度了，没一个不好的，这让他的心宽了许多。他倒是不在乎自己怎样，但他希望，U与他生活一定得健康幸福，别无所求。

在他婚后我们常常说，杜淡金这小子，工作好，家庭美满，这不是神仙的生活吗？

他就来劲："呵呵！你也不看看我这名取的！早说了人中龙凤！"

峰哥就继续抽他。

婚后杜淡金还常常拿他花心指数百分百的测试结果调戏U，说什么他这种花花公子老婆要看紧点儿，U也是根本不担心，杜淡金花心？呵呵。

别看工作忙，杜淡金在婚后的测试嗜好变本加厉！因为多了一个还不存在的孩子嘛！孩子几月生，什么星座属相好，最好精确到几点。必须提的一点，婚后杜淡金给老婆买的"宝贝"是越发多了……三两天就是一件，被U叉着腰数落过好几回还是一个劲儿地买。孩子的那些个早买好了！连备用的名字都攒到能出一本书了！

这家伙……好生快活……

【七】

U是怎么出事的，我并不想细讲，杜淡金的五行保佑终究是偏了那么一点点。

也许那天他们晚离家一分钟，也许路上的红灯多一秒钟，也许副驾驶上的U往边上坐一点点，有太多也许，事情都不会这样。

葬礼过后那几个月，杜淡金疯了似的找我们喝酒。

"签！锁！哈哈哈哈哈！一点儿用都没有！还八字非常相合！合啥啊！这种东西……哈哈……有什么用……有什么用……我要的不多……不多……"杜淡金醉得一塌糊涂，可嘴巴里的咒骂一刻不停。

那些日子，我们把身上他送的挂件全摘了，生怕他一激动就给砸了。

杜淡金说："信这些破东西……一开始就是个错误……"

消极，只有消极。

老天爷啊老天爷，他只用了一秒，就摧毁了杜淡金一生中的两大支撑，只用了一秒。

那些日子里，杜淡金就像个废人一样，全身煞白，唯一有颜色的眼睛，只是红肿。

不知道他是怎么挺过来的。

【八】

几年后的一天，哥儿几个去探望他，在喝酒的时候，我瞧见他书桌边的一个精致盒子里摆满了他曾送给U的宝贝，几本卦书静静地躺在一边。

他独居了好几年，家却格外干净整洁，仿佛U还在一般，只是房子中的好些地方杂乱无章地摆着许多香炉，有的在角落，有的却横亘在路中。

杜淡金看着我们，浅笑着叹了口气，说："你们都很奇怪吧！我说不信这些不信这些，怎么还留着这些。"

"我那时候，真的觉得活着没意思了，U好好一个人，一声不吭就走了，呵，我满肚子话说给谁听。"他闷了口酒，"我就想，不行！我得找到她！我一定得找到她！我回到家，就见到了这些蒙人的东西，它们虽然可恶，但是她的遗物啊！我又怎么舍得扔？"

杜淡金的眼睛红了起来："我能找谁说话？除了她的遗物，我还能怎么碰到她？然后我就发现……每个人的八字在房子中有对应的位置，对了！在这里！在这里我一定能和她相见！我用罗盘仔仔细细地，一寸一寸地寻找她在家中的位置，摆上香炉，插上最好的香。太棒了！我终于又能和她见面了！"

"然而可笑的是……我又发现……每个人的星座在家中也有对应的位置，每个人的五官也有对应……用各种各样的方法测，位置又有不同……那么到底哪个才是她？在哪儿我才能见到她？结果，我又觉得自己跟丢了她……"

杜淡金用手捂了捂眼睛，我们知道他在使劲按着眼球不至于流出泪来。

"最后我明白了……我明白了。这每一个位置都是她！每一个都是她啊！只要我把每个位置都照顾了，就一定能照顾到她！只要我与每一个位置说同样的话，就一定能遇到她！"红着眼睛，杜淡金苦笑了起来，带着无尽的酸涩，"结果到最后……我还是得靠测试，才能找到她……结果到最后……我还是得依赖害死了她的东西靠近她！结果到最后……我这个懦夫呀……什么也放不下……"

安静。

幽幽的香味安静地缭绕在杜淡金家中，路过每一个U的足迹，触摸每一丝U的气息，缓缓飘入我们的思绪。

我可以想象。

可以想象杜淡金哪怕微米也不差地找寻U在家中的位置，可以想象他跪坐在每个香炉前，身影凄凉而孤寂，不厌其烦地一遍遍说相同的话，只为真正的她能听到分毫！

日复一日，年复一年，明知U不会再回来，可他还是近乎疯狂地执着。

我静静地打开手机，打开当年杜淡金的花心百分百测试结果，眼泪情不自禁流了下来。

这位所谓的测试中的花花公子，一生痴绝一个人；这位所谓的测试中的完美人生,终究是差了那么一点儿;这位所谓的测试中的美满婚姻,终究是阴阳两隔。

测试,多么虚假的骗局,多么空洞的言语。这一切的一切,却还是让杜淡金奋不顾身地投身其中,毅然决然地坚信不疑,迫不得已又情不自禁。

也许这便是爱情,即使自己的面前满是陷阱,可我们还是会微笑着,走下去。

窗帘先生的朴素爱情

『窗帘守则第一条：必须随风飘动。』

『窗帘守则第二条：用最轻柔的自己安抚人类。』他的手臂化作一角窗帘，轻轻盖在惠小姐身上。

『窗帘守则第三条：人类想藏起来，便裹住她。』惠小姐听男这句话，便觉得身上多了一层温暖，可靠柔和。

♪♪

【一】

惠小姐从外边回来，看见窗边蹲着个青年裸男，吓得差点儿报警。

"所以说，你是我家的窗帘？"惠小姐托着下巴难以置信地望着眼前的裸男。

"嗯……"此男正忙着吃零食，敷衍地点了点头。

她向窗边望去，发现自家的窗帘的确少了一块，再回头，这男的还真没把自己当外人，径直到冰箱里拿了瓶可乐。

"哎哎哎！就算你是我家的一分子，也不带这样的，我的东西你乱拿什么？"

"嘿，我的大小姐！你自从买了我就没洗过我，有时候手上有水还蹭我肚子上，平日里帮你挡风遮阳的，感恩回馈一下有什么的？"窗帘戏谑地说。

"那你快变回去，我给你洗洗。"

"昨天家具联合会的红木凳委员来过了，说评我为劳动模范，给我放两天假，你急什么，我就休息两天！"

"那你好歹穿件衣服啊！"

"傻！你有见过窗帘穿衣服的吗？这么多年都看过来了，两天有什么可羞的？"

"那那……你自个儿出去嗨去……"

"嘿，我这暴脾气！这也是我家好吧？我是劳模，得优待！你也不用管我，咱各管各的就行了。"

窗帘生气了，缩到沙发上自己看电视去了。

"你这帘脾气怎么这么暴啊！"

"我东北帘，那叫豪爽……"

【二】

半夜，惠小姐醒来，觉得自己不太厚道。那帘虽然脾气臭又脏兮兮的，可也的确为她"工作"了这么多年，自己来到这座城市打拼，无论有多么窘迫，一直陪着她的反倒是这些家具。越想越内疚，于是她翻出一条毯子，给客厅里一丝不挂的那家伙送去。

打开房门，客厅里却没"帘"。

"这家伙去哪儿了？"惠小姐心里有些害怕，这家伙可别被法海什么的给收了。找遍房间，惠小姐在阳台发现了他。

这家伙，光着屁股把自己挂在晾衣架上，正悬在十六楼随风摇晃，湿湿的，看起来他偷偷洗了个澡。

"你这么大个人怎么挂上去的？不怕摔死啊！"惠小姐声音温和起来。

窗帘的背影有些落寞，他抬起头望着星空，说："窗帘守则第一条：必须随风飘动。"

"什么意思？"

"说实话，我们窗帘如果不想被风吹起，就算是龙卷风刮过来哥也稳如泰山，可规矩定在这里不遵守不行，何况现在就业压力大，你看我不正常把我扔了这不作死吗？"说着，他用手抵了抵后脊，

"瞧！这腰椎间盘突出就是去年春天给闹的，那风太大，老子随风飘了仨小时！"

"噗……"惠小姐笑了起来。

窗帘见她笑起来反倒皱起了眉头："笑什么笑什么？说正事呢。所以说，我想让自己变轻，自己就能夹在这儿不掉下去。其实你别信什么物理定律，你们说什么万有引力吧，说实话，苹果想上天它还真能上去，只不过会扣工资。"

"你们还有工资？"惠小姐上上下下打量他，这可不像个白领。

"嘿，你瞧不起广大劳动工作者是不？工资自然是有的，一时半会儿也说不清……"

惠小姐第一次觉得生活如此陌生，所有物理定律竟是刻意而为的，这无声的世界立马鲜活起来。

"原来在这个世界上我们并不孤单呢……"她向下望去，城市的夜灯骤然缤纷起来。

窗帘把头转过来，目光里闪着温柔："做人是这个世界上最不自由的，却是最开心的，其实你一直不孤单。"他扭过头去，不再说话了。

说这么温柔的话干吗？明明只是条臭窗帘……惠小姐这么想着，心却似暖风拂过。

【三】

第二天一早惠小姐急急忙忙梳洗化妆搭衣，房子一如往常乱糟糟的。

窗帘是站着张开双臂睡的，傻乎乎倒也可爱。惠小姐正穿鞋，窗帘倒是醒了，他看着自己的双臂，有些尴尬地说："职业病，张开睡惯了。"

惠小姐用同病相怜的口气说:"理解。"

"约会?"

"嗯。"

"还是那个黑框眼镜?"

"嗯,你怎么知道的?"

"我在窗边看见过。"

"那……我走了?"

"嗯。早点儿回来。"

"家里有条窗帘,心里踏实多了!"惠小姐戏谑地看着窗帘,开门出去。

晚饭,惠小姐破天荒亲自下厨,让窗帘吃顿好的,她的厨艺不错,人也美,窗帘连连调侃她为"女神"。

"我总觉得变了。"惠小姐正盛着饭,莫名其妙冒出半句话。

窗帘愣了愣,若无其事地说:"那就真的变了。"他低头往嘴里扒拉口饭,"人的直觉往往很准,你觉得他对你感情变了味,十有八九是真变了。"

"你怎么知道我要说什么!"

"嗬,也不想想你是谁拉扯大的。"

窗帘头上多了一记栗暴。

"不许贫啊!"

"看!"窗帘用筷子指了指地,"普朗迪和月月,也就是那两块地板,这么多年有变化吗?"

"他们不是一直在那儿?还有那什么月月名字好俗……"

窗帘连忙捂住她的嘴,凑到她耳边嘀咕:"一会儿人家生气了啊!快道歉!"

"哦哦!对不起啊,月月!"惠小姐看他这么严肃,装模作样地喊道，脑子里却想"天下奇闻，给自家地板道歉……"

"继续说，其实他们已经离婚了。你没发现他俩间的缝隙一年比一年大吗？要不是有孩子，早分居了。"

"生活不易啊……"

"那可不。"

"那你呢，你单身？"

"忙于工作，而且没对眼的。"

"呵呵。"惠小姐坏笑着指了指另一边的窗帘。

"大叔！他叫我俩在一起！"窗帘立马苦着脸喊道。

"他也是男的啊！这么多年憋坏你俩了。"惠小姐怜悯地看着他。

"那倒也不，大叔阅历比我丰富，人家奖状都一大堆，跟他一起工作不仅有趣，评职称也快。"

"两位同志热情高涨是好的嘛，可你俩的婚姻问题……"

窗帘单手扶额："不说了，说多了都是眼泪啊……"

"你当初在窗帘店里就没有青梅竹马的窗帘？跟你同个样式的窗帘多了去了……"

"我就先不吐槽你两边窗帘不买同款的事了。你会爱上自己的亲兄妹吗？我们身上流着同样的丝儿！是亲人！"

"嚯！原来如此，长见识了！"

惠小姐在调侃中慢慢放松下来，晚饭后，他俩像多年的老友一般开始闲谈，窗帘的记性很好，回忆这些年他在客厅的所见所闻，有些惠小姐一直没在意的细节都被这"告密者"说了出来：电视机先生会在每天下午向左移五厘米晒晒太阳；沙发也会打呼噜，只是声音很轻很轻；更好玩的是马桶嗓子不好，总在没人时冲水润润喉咙。

惠小姐听了连忙跑进厕所里拍了拍马桶："难怪家里的水表老

跳，以后乖点儿啊！"

再跑回来，她发现窗帘正在角落里找着什么。

"找什么呢？"惠小姐拿出一瓶可乐扔给窗帘。

窗帘走过来，手中攥着一枚耳环，极小极细，是金质的，看起来有些年头儿了，与其说它是耳环，倒不如说这是一条小边角料压成的环。

惠小姐连忙接过，把耳环放在手上，眼眶瞬间湿了。

她自然认得这枚耳环，这是她外婆的。

"那年她来看你，不小心落在那儿。这么多年没法说话，提醒不了你……"

"能找到她的耳环，我已经很满足了。谢谢，谢谢。"

惠小姐不再说话，缩在沙发上埋着头哭。窗帘坐在她边上，有些不知所措。

"窗帘守则第二条：用最轻柔的自己安抚人类。"

他的手臂化作一角窗帘，轻轻盖在惠小姐身上。

"她是最疼我的外婆。"惠小姐抽泣着。

"我知道。"

"我再也见不到她了……"

"我知道。"

余晖从窗外打进来，为小而温馨的家披上一层安静，他安静地陪着她，她干脆放声痛哭，像个迷路的孩子……

【四】

惠小姐从沙发上醒来，发现自己昨天竟在这儿睡着了。

她起身准备上班，却感到肩上有些重，一种凉滑的触感从背后溜走，她向后看去，脑子"嗡"地一下：那条熟悉的傻瓜窗帘散在沙发上，仿佛从未动过，格子花纹好看得过头，让人不禁触摸。

惠小姐轻轻地走近他，仿佛怕吵醒他似的，她有些害怕，却不明白自己在怕什么。

她的手向他靠近，却又怕触着他时毫无回答。

"喂！你还在吗？"

没有回答。

惠小姐不知所措，将他使劲摇了起来："喂，你不守信！还有一天！快回答呀！"接着，她颤抖起来，眼眶红了。她觉得心里少了什么，全身无力，手足无措。

"哥正睡觉呢，吵什么吵什么！"

她蓦然抬头，看见一个裸男。她一愣，然后扑上去揪窗帘的头发，往死里揪："叫你吓我！"

【五】

惠小姐下班，走到了公寓楼下，迎面走来一名男子。

是窗帘说的黑框眼镜，她的男朋友。

惠小姐听不清他在说些什么，只凭男人脸上的绝情就让她眼前一黑，她低头看着鞋子，任眼泪充满眼眶，看模糊的地面，就是看不见他。

天色昏暗下来，她开始祈求黑夜降临，她想躲进黑暗，不让别人找到。

黑框眼镜的嘴还在严厉地动着，像要将她逼入绝境。

正在这时，楼道里冲出了一名男子，全身赤裸，迎着黑框眼镜就是一拳！

房间盛满了阳光，惠小姐却无力地蜷缩在一边，她的泪痕依然在，不说一句话。

"窗帘守则第三条：人类想藏起来，便裹住她。"

惠小姐听罢这句话，便觉得身上多了一层温暖，可靠柔和，她向后看去，是熟悉的格子纹饰。

"失恋了？"

"嗯。"

"又是那个黑框眼镜？"

"嗯，明知故问。"

"我在窗边看到的。"

"我知道……"

惠小姐觉得有点儿累，闭上了眼。

她醒来，发现自己躺在沙发上，起身准备上班，却觉得身上有什么。

是格子纹饰。

她向后看去，脑子"嗡"地一下：他散落在沙发上，仿佛从未动过。

她心头空空的，很害怕，只是这次她知道自己害怕什么，她知道，所以她勇敢，她微笑起来，却有点儿牵强。她慢慢靠近，轻柔地拍拍他，像对待一个婴儿："喂，在吗？"

没有回答。

这一次，一直没有回答。

【六】

两年后。

惠小姐下班回家，在窗边见到一个裸男。

"你又放假了？"

"不，提早退休了。故意伤害人类……"

"薪水领到了吗?"

"当然,所以过来接老婆吃饭去!"

"我们貌似没开始吧……"

"嘿,我这暴脾气,都老夫老妻好多年了还闹别扭!快给我件衣服!现在的我必须穿衣服。"

惠小姐笑起来,挽上了他的胳膊:"走吧!我的窗帘先生。"

时间静止谋杀案

我出奇地享受这安静的空间,没有别人,没有竞争,没有攀比。

我慢悠悠地穿过灯光竟带起一条黑影,光都被我阻断。

在这世界中我便是神。

偶然去祖父那儿祭拜一次,昨夜便梦到了他。

"孙女啊,难得你还记得我,我时间静止的能力便传给你好了。"

然后我便醒了。

这老头儿,总会骗我,死了都调皮,难得的假日竟由这种糟糕的梦展开。

无所事事至下午,软在沙发上看剧的我突然尿急,可男主角正要出场。可恶!老天爷总是对我这么不公!"要是真能时间静止就好了。""咔嚓。"随着一声细微的碎裂声响起,周围突然静得可怕。电视静止,秒针静止,窗外叫春的猫也似死了一般。时间,静止。

"老头子,总算没忘了你孙女。"

我出奇地享受这安静的空间,没有别人,没有竞争,没有攀比。我慢悠悠地穿过灯光竟带起一条黑影,光都被我阻断。在这世界中我便是神。

这下我有用不完的时间了。

先看完剧吧。我顺手抄起一根黄瓜,走回电视机前。

"静止解除!"又一声碎裂声,沉默的世界又吵闹起来。

嗯,爷爷也不早点儿告诉我这能力,耽误了我二十一年青春。总的来说，心情不错。我下意识向黄瓜咬去，闪电般，一股疼痛向我头皮袭来，从头发根一直延续到脚趾的战栗让我牙根发酸，我向左臂看去：一排巨大的牙印似巨人啃食的痕迹，殷红不断渗出，血肉还粘连着手臂，伤得不重。只是冷汗像针一样浸入血管，我疼得缩起了脖子。

我好像被什么巨大的东西咬了。

"五分钟内，被你改变状态的生命体会与你命运相连。"

浑蛋！臭老头儿，早不说晚不说的。不过，终于，我应该是摸清这神力了。黄瓜也是生命体，所以静止解除后的五分钟内，我必须保证它安然无恙，我可是与它命运相连的呢。果然，五分钟后，将黄瓜大嚼特嚼我也没被自己"咬"伤。

半夜躺在床上，我开始思索这个能力的用法。可以说是立马，一瞬间，我便想到了一个人，凉。

我得杀了她，杀了这臭女人。

我对凉的忍耐已经到了极限，这个讨厌的女人总有种说不出的惹人厌。

平日里穿得花枝招展，说得不好听是风骚，可周围的人却偏要说那是时尚前卫。这个社会真是瞎了眼。嘿！可她的追求者络绎不绝！收到的礼物能塞满一个房间！最重要的，是她笼络人心的卑鄙能力，朋友圈里的人没一个不说她好的，什么赞美词都往她头上扣。她是女神吗？她阳光的外在下隐藏的邪恶只被我和我的闺蜜佳永注意到：她拒绝一个个有钱的追求者与穷小子恋爱，是在提高身价；她不计较小事当然是拉拢人心；她努力学习也不过是把自己包装成一个文化分子罢了。她表面上过得很好，但心里面必定活得很累，虚伪的面具很沉重吧，我可是看穿你了呢！

丑恶的女人。

我有好多次摆起厌恶的脸，可她还是凑上前来。恶心。去死吧。

"时间静止。"

不过五分钟罢了。我只需要将凉的家门堵死，打开煤气，然后去喝杯咖啡，这世上便再无此人了，就算不巧碰到了她，她也不会在五分钟内气绝，从而牵连到我。

真是天才。

我小心翼翼地打开家门，在僵立的邻居间穿梭，为避免麻烦，我可不能碰到他们。街上的人不多，但我也不会马虎，我可不是那种会得意忘形而失误的傻蛋。

在服装店换了身衣服，并将头发手脚套好，我便往凉家走去。

路过水果店时，我眼前一亮。闺蜜佳永正在挑苹果，头发挂在空中的样子还真是美啊。

我凑上前去，贪婪地吸光她周围凝固的体香分子，时间凝固时在街上巧遇熟人，有种奇妙的感觉。我绕着她转，想从各个方向观察这脸蛋儿。

接着，不可避免地，我看见了一筐苹果。真是扫兴！因为其中有一个青苹果。

我和佳永已经到了看见青苹果便会吐的地步，特别是佳永，她本来就很讨厌这东西，她说过。我们讨厌这东西的直接原因是：凉疯狂地爱着青苹果。奇特的口味又是她卖弄风骚的手段吧！

这一分神，害我险些犯了错：我碰掉了四个苹果！更恶心的是，那个青苹果也滚到了地上。

不过，我可不是那种傻女人：我取下一个袋子，装入那三个红苹果，将它们留在身边，至于那青苹果，我四下望去，这街上人不多，买水果的就佳永一个，而她才不会去碰那种臭苹果呢。于是我将它放入一个偏僻的、无人问津的低价水果区。就给我烂在那儿吧，臭女人。佳永是不会碰它的,她不会骗我的,我们永远在一条战线上。

心情不错呢。等会儿就来这条街喝咖啡吧。

我踢开凉家门前的毯子,熟练地打开门。接下来简直如行云流水,打开煤气,切断一切电路。

我在卧室里发现了那张厌恶的脸。凉躺在床上,神情分外悠闲。恶心的女人啊……

待我用楼层里的重物封死她家时,我总算松了一口气。根本不需碰到凉,我便杀了她。

喊出"静止解除"时,我已换回本来的衣服,出现在咖啡店中。心情无比舒畅,所谓的大仇得报便是如此吧。

"请问你需要什么?"服务生小哥可真贴心。

"一杯……"

突然,我注意到,街对面的佳永,她微笑着,将手伸向了筐中的那个青苹果。

等等!她不是最最讨厌青苹果了吗?平时不是碰都不碰吗?

佳永和老板相谈甚欢,竟然张口向苹果咬去!等等!等等!

我想喊出"时间静止",我想阻止这一切!可突然,一股浓重的煤气味冲入我的脑袋,我竟直直地瘫倒在地!可恶!动起来啊!喉咙!发不出声了!可恶!我不是没碰到凉吗?况且,五分钟也不至于让人瘫倒啊!可恶啊!

于是,我眼睁睁地看着我的手臂凭空消失,痛觉早就失灵了,我只能麻木地看着,鲜血像喷泉一样涌出,伤口的血肉"哧哧"跳动。

接着,是左腿;接着,是肚子;接着……

我猛地醒来,发现自己躺在一张床上,整个房间都在旋转,头痛欲裂,我嗅到一股浓重的煤气味。

哦……对了,我就是凉,我最讨厌的凉。

单身狗与单身狗的抑郁症

我终于找到了防止它自杀的方法!
那就是我不断地自杀,让它无暇自杀!

波波是条神狗，这是我养了它一年零两个月才知道的。

我是个作家，在一座所谓的一线城市中谋生。其实用"谋生"并不贴切，用"活下去"更为得当。

每天起早贪黑地工作，自以为满腹的才华换来的只是屎一般的薪水，被骂，被鄙视，被无视，背后的冷眼，当初对家乡撂下的狠话变成打自己的巴掌。

我发现我不是为自己而活，我只是一台追着钱的干活儿机器。

我发现自己活得越来越像一条狗，努力地撑着活下去，反正别死了就行，于是越来越卑微，结果越来越失败。

要房没房，要车没车，连个女朋友都找不到，货真价实地沦为一条单身狗，还是那种脱毛癞皮残疾的，最次的狗。

当发现这一点时，我害怕极了，努力地想改变却又被困得死死的。

结果，在过度的压抑下，我得了抑郁症。

嘀，说来讽刺，一向乐观的我竟得了一直被自己轻视的抑郁症，于是更加纠结，每天做什么事都觉得很累很痛苦，放大一些十分正常的生活细节，荒谬地加工。

久而久之，我开始寻求解脱，开始自杀。

然而，我自杀的次数不计其数，花样百出，自杀的经验技术都可以出一本书了，却依然没有死成。

按理说，我这样举目无亲的烂人要是自杀，早就死透了，没死才不正常，一定是有神明庇佑。

然而我想说，是的，我的确是有神明庇佑———一位狗神。

我第一次尝试自杀的方式是跳楼。

那天，我难得地下楼买了点儿酒，把自己灌个半醉，又嗑了好多止疼药，可谓做好了万全的准备，只等纵身一跃迎接死亡的降临。

顺便蹦个一直没时间蹦的极，完成一桩未了的心愿，真是完美的计划。

站在二十层楼的阳台上，风呼呼地往我脸上打来。此刻，我想得并不多，反而很冷静，向楼下望去，恐高早就没有了。

嗯，在遗书中，我交代了一切后事，回顾了短暂的一生，也许，这封遗书将成为旷世神作呢，因为我的死。想想还有点儿小激动。

数三下就往下跳，跳了就解脱了。

"三，二，一。"

"嗖。"突然，一个西红柿从我身边呼啸落下，吓得我一愣！

西红柿渐渐变成一个红点，接着，地上多出了一摊鲜红。

什么情况？

我保持着半蹲欲跳的姿势向一边看去：某只狗嘴里正叼着个西红柿，眯着眼一脸鄙视地看着我！

而它身边的，分明就是那一袋我放在冰箱里的西红柿！

我向天发誓！

在这天之前，波波一直是一条极其正常的哈士奇。每天除了犯傻就是卖萌，连击掌蹲下的口令都听不懂！

由于太笨，我曾带它去兽医那儿看过，兽医一顿检查后发现，它小时候脑子受过伤，没脑瘫都算谢天谢地，智商基本就告别正常狗了。

就在刚才，它还流着口水躺在我卧室里做美梦。

而现在，这位所谓的弱智儿童！它竟然在讽刺我跳楼！

只见波波迅速把口中的西红柿嚼了个稀烂，像吐痰一样一甩头吐在我面前，然后，一副"摔得稀巴烂很好看吗？"的表情浮现在了它的脸上！

什么情况？

它见我没反应，又欲从塑料袋中继续拿出西红柿，我吓得连忙从阳台边缘退了回来。

"大爷？您没事吧？"我苦着脸蹲下，试探着探过头问。

只见它嘴一撇，斜着眼上下打量了我一番，扭头就往楼下二楼的家走去！走了一半还不忘回头"汪"地叫我一声。

这狗成精了不成？

不管发生了什么，总之我是被吓得不轻，早就忘了自杀，跟着它回了家。

你能想象回到家后本人有多尴尬吗？

它装完后，瞥了我一眼就去睡觉了，可我还有一肚子问题想问它呢！

但是，接下来的日子，无论我如何威逼利诱，波波始终保持着高冷的姿态，对我爱搭不理。

于是我只能默认，这只狗，是条不出世的神狗，以前的种种欢脱只是它懒得睿智。

不过，抑郁症的症状并没有因为对波波的震惊而减弱。

第二次自杀的准备很快就开始了。

抑郁常伴随着失眠，安眠药我自然是有的。

我一直傻傻地认为服安眠药自杀无疑是种优雅的死法，它将现代科技与原始需求完美结合，毫无痛苦，简直就是自杀界的贵族。

准备服药自杀。

然而，一切计划都得防着波波——鬼知道它会不会在我睡死过去后叫来人抢救我。

这天晚上，波波睡着后，我偷偷从卧室中溜了出来——我家没有狗笼，悄无声息地翻出安眠药，我就着一杯水把整瓶药给吞了，囫囵吞枣中被自己莫名的悲壮给感动得热泪盈眶。

世界，你狠，老子斗不过你，但你也别想从我这里听到一个"输"字！老子死给你看！

接着，我便静静地躺在沙发上等待睡意。

结果天快亮了我还没睡着……

"应该是没什么东西分散注意力吧，对了，不如打开以前自己写的小说再看看，不知不觉就死在稿子前，第二天还能上报呢。"

于是我立马站起来开电脑。

嗯？电脑是开着的。

按亮显示屏，一个网站赫然出现："辟谣！安眠药自杀痛苦万分！"

呵呵。波波，你真行……

流着冷汗看完全文之后，我坚定了一个信念：波波，我绝对要弄死你……

你怎么不早说？

世界，你狠，老子不只斗不过你，连你造的一条狗都玩我，我输了，行了吧。

我软在桌前，把手撑在头下，默默等待文中地狱般的痛苦到来。吃都吃了，反悔什么？至少死成了，这也不错。

时钟的"咔嚓"声循环了一次又一次,阳光渐渐从窗帘外照射进来,逼得黑夜无影无踪,楼下菜场的喧嚣推搡着挤入耳朵。

都到了早饭的点,我怎么还没睡着?抽搐呢?疼痛呢?

"嘎吱嘎吱……"

什么声音……吵死了……谁在嚼大葱吗?算了,我就快死了,管那么多干吗……

"嘎吱嘎吱……"

可恶……别太过分了……

"嘎吱嘎吱……"

"谁啊?有没有素质!我骂……"

一抬头,一张贱兮兮的狗脸吓得我"哇"地跳了起来:"你有病啊!你能做一只正常狗该做……"

我没看错的话,它嚼的是……我的安眠药?

不对劲!

我赶忙拿出一片药塞到嘴中——这分明是维生素C!

这位活神仙!竟然在我不知道的情况下把药调了包!

于是第二次自杀同样被某位仁兄遏制在摇篮中了。

好吧,不得不说,波波是极其关心我的,它对我自杀倾向的防范也是无微不至,但由此衍生的许多麻烦同样烦人。

比如说,自此以后,我是绝对无法把任何药带回家的,波波会嗅出我身上的所有药物,然后不容分说地翻出来扔掉!

上次拉肚子我只是想吃个止泻药,刚拎回家,一道闪电"唰"的一声从我面前闪过,然后药就已经从窗户跟我说再见了。

我只得跑下去捡。

刚捡上来,"唰",又下去了。

我只能再次下去,反复三次,我拼了命地保护药,然而并没有什么用，鬼知道一只狗速度怎么会这么快！它也没练过啊！

最后我就放弃了，无奈且绝望地在决堤的肠胃中浸渍了整整两个星期！

而且，隔壁王伯家失窃，什么都没丢，就丢了维生素C的事他已经报警了！鬼知道事情会怎么发展？

而我的自杀事业一直都未停歇，也一直都在失败中。

一开始由于强迫症略重，我总想死在家里，但家里供着个神，我不得不在外另找出路。

但架不住波波神通广大。

卧轨，我正思考人生呢，只见远处一个人晃晃悠悠就往这儿来了，仔细一看，是波波硬扯着王伯过来的！我也不知道波波是怎么从反锁的二楼飞出来的，我心中唯一的声音就是：

可怜的王伯！

据他说，情况是这样的：这天他正散步，波波突然"咔"一声就立他面前了，王伯一看这狗表情不对！挤眉弄眼的，以为是要咬他，连忙用胳膊肘护住了脸，结果半天过去了，这狗只是对他挤眉弄眼……

其实，只有我知道，波波这是想卖萌让大爷跟上去，结果，作为一只哈士奇，你懂的。

波波后来也发现了这一点，于是生了气，直接开始扯大爷……

自此之后，我相信这位哥们儿的座右铭一定变成了：能动手就别吵吵！

最开始，波波属于对症下药，我怎么自杀它怎么对付。

后来，它选择主动出击。

看我这几天不对劲，它故意去外面染了一身蚤子！我的洁癖……我身不由己……

再看我不对劲,它就把不知从哪里得来的新番表或下个月的电影票扔过来……

我曾有一次极其严重的抑郁性木僵,整个人整天一动不动。那次可以说,是间接被它治好的吧。

虽然我对于它的治疗方法不予赞同,不过,我的抑郁症总算是有所缓解。

我也渐渐有了个想法,我倒要看看它还能怎么阻止我,反正我就跟它犟上了!为了它,我会好好吃饭,好好睡觉,好好活着,然后专心自杀。

然而好景不长,我意想不到的事发生了——波波也得了抑郁症。

我得抑郁症,是由于作为一个人,我活成了狗;相反,波波得抑郁症反倒是因为太像人。

我们小区里的柯基很多,一开始我并不愁它找不到媳妇——然而我错了,因为太像人,所以波波在狗界成了渣滓。

求爱无数次被拒,好不容易有女友,瞬间就会被抢走……

这条聪明过了头的神狗竟也沦为了一条单身狗。可悲可笑。

由于我是一名抑郁症患者,故当我唯一的好哥们儿也不幸患病时,我一眼就看了出来。

于是我悄悄下定决心,在我自杀之前,必须治好它的抑郁症。

不过,它貌似也是这么想的。

结果就出现了这种情况:今天我抱着它往兽医那儿跑,明天它拖着我往医院精神科去——它会先把我拖去挂号,再径直往精神科去!是的!

鬼知道没去过医院的它是怎么知道精神科的!

也许是因为我俩真的很像吧,它的情况竟也开始恶化,进而开始自杀。

感谢波波对我自杀的各种防范，养成了我高超的防自杀技能，它的一次次自杀全然被我阻止，然而，它的情况却并没有好转，反而恶化。

对于它自杀的行为，我阻止得越来越力不从心，最近几次都是险之又险地挽回了它。

我意识到，这样下去，它迟早会成功。

糟糕。

就在今天，我见它没了，连忙打开门去找，正好瞅见它鬼鬼祟祟地往顶楼上走去——我总算知道它是怎么出门的了，它是从我们家窗户直接跳到一楼私家花园的围墙上继而着陆的。

我连忙跟了上去，我预感到它绝对是要跳楼！于是顺手拿了俩西红柿。

来到楼顶，果然见到它孤独地坐在边缘吹风，身影饱含着寂寞与失落，我从未见过如此落寞的背影，无论人与狗，对对，它和我，本就是不人不狗的怪物啊……

我连忙赶到它面前学它扔了个西红柿，再塞个到嘴里嚼，却发现，它完全不吃这一套！

波波转过头来，一副"小样，还学我？宗师在这儿！"的表情，接着，它叹了狗生中的第一口气，眼神变得悲伤，扭过头去……

然后，它压低下身，肌肉略微颤抖——这是起跳的姿势！

我感应到这次波波欲死的决心是多么坚定！

我必须阻止它！

可恶！波波！你这家伙要是敢早我一步死！

快想想办法！总有阻止它自杀的办法！

对了！

我疯了一般地冲到楼顶的另一面边缘，青筋暴起地冲着波波大喊:"你要是死!我也死!You jump(你跳)!I jump(我跳)!"

波波明显被吓到了,连忙回过头来。

我们四目相对。

...And my heart will go on and on...

不知是哪个广场上播放的《我心永恒》突然响起,真是应景……

"汪汪!"

"你敢!"

"汪汪!"

"那我跳了啊!"

"……汪汪!"

"别跟老子整虚的,嘿嘿!你给我先下去!"

"……"

最终,波波"说"不过我,头一垂灰溜溜地小跑下了楼。

我终于找到了防止它自杀的方法!那就是我不断地自杀,让它无暇自杀!

不幸的是,它也是这么想的。

于是,我们这两条万年单身狗开始了不断自杀的求生之路。

这天半夜,我醒来,见波波正寂寞地蹲坐在地上望着窗外,街边的霓虹灯五彩斑斓,却一片寂静,想到白天热闹的情景,不禁暗自神伤。

是啊,这城市一片热闹,真正的人或狗总能找到伴侣,而黑暗,总是送给我们这些单身狗的。

我浅笑着抱膝坐在它身边,挽起它的肩膀:"兄弟,哈哈,我其实,真的是个失败者,学业失败,事业失败,就连自杀……也是失败,然而啊,也许正是失败才能让我遇上你,你这不人不狗的怪家伙……哈哈……"

没有悲伤,也没有哀愁,现在的我,反而一片安宁。

"波波……谢谢……谢谢……"

飞机起飞的声音在窗外响起,应景地盖过了街上的欢笑。

一片安静。

波波将头靠在我的肩上,柔顺的毛发贴着我的脖颈儿,静静地说了一句话,我听不懂狗语,却能理解这句:

"So am I.(我也是。)"

很乖的超能力

随着时间的推移,我渐渐明白了些什么。一杰什么也没做错,他怎么就死了呢?为什么呢?后来我明白了,我们得到的不是什么超能力,我们只是生了一场大病,他得的是急性,我得的是慢性。

【一】

"丢失了的东西你不会寻找,那有什么用?"我问。

"你不知道吗?不见的东西你不管它,过一段时间自然会出来的。"致远摸了摸双眼,浅笑着回答。

"这不还是对生活的妥协吗?"我苦笑着"喊"了一声。

"不,这是对生活的另一种围剿。"

【二】

致远在初二得到了他的超能力:千里眼与夜视眼。其原因说出来十分无厘头,他每天认真地做眼保健操,坚持了八年,然后突然有一天,超能力便冒了出来。

记得那是个傍晚,致远这天像偷了鸡似的将我拉到兰河边对我说:"我得到了超能力。"

哼哼,我贱笑着在心中想。他也有今天?致远的父母在他出生时便为他的人格贴上了极准的标签:宁静致远。他理个平头,戴一副金属框椭圆形眼镜,沉默寡言,生活两点一线,是个超级学霸。若要在这世上找一个所谓好学生的典范,他当之无愧。若这样也就算了,可他还有一个极其恐怖的属性:乖。直到初二,他仍保持着"父母叫我干吗就干吗"的乖顺纪录。父母让他学习，他便学习，父母让他休息，他便休息，连休息方式是散步还是看电视都由他们一手规划。他却一点儿反感都没有。

所以你便可以想象当"超能力"三个字从他口中跳出来时我有多不知所措。总是伴随着黑历史的"超能力"，是无论如何也与他挂不上钩的。

不过，后来仔细想想，他的能力与他本人真是一样乖：他所谓的千里眼，其实满打满算也只能使他比别人看得稍远一点儿，而夜视的能力不比用个手电筒强。天底下瞳术那么多，偏偏开发了最次的俩。

总之，聊胜于无，有超能力总归是不凡，让我徒生出无限羡慕，只是这能力"乖"得过分了。

"怎么？你也看上漫画了？"我挑着眉假正经道，"这三个字对你来说是不是接触得有点儿早？是不是该推迟几年？推荐你四十岁以后再接触。"

"你别不信，这跟什么漫画无关，你看看。"他说罢就摘了眼镜。我以为他要发大招，结果他竟十分标准地做起了眼保健操！看得我疯掉。直到今天我仍清晰地记得，是一节挤按睛明穴加一节按太阳穴轮刮眼眶，外加他不断安抚我"就要好了，你相信我"的急切声音。

其实，当他做到一半时，我就已经被他的样子逗得挠肚子，而当他再次睁开眼后，我却再也笑不出来了。

他的眸子分明是亮了一下。

"夜视加千里眼，眼保健操第二节加第四节是开关。"他略带骄傲地笑着对我说，"不信？你站两百米外，随便比画一个数字。"

天很识时务地黑了下来，兰河独有的腐臭味顺着蝙蝠的鸣叫游了出来，熏得人头大。

反复测试后，我诧异万分地接受了这个事实。

"天啊！这么牛！这能力怎么来的？"

"秘诀仅俩字。"

"什么？"

"听话，每天认真做操。"

【三】

第二天放学，一杰约我和致远去吃冰。致远自然是不去的，父母要他十分钟内回到家。我跟着他沿和平路的小弄堂向冰饮店走去。

"这条弄堂已经年久失修，再过两年就得被拆了吧。"一杰突然转过头来说。

可不是吗？

人类与建筑物的关系不就是这样吗？人类首先倾尽心血将建筑物堆造起来。然后又变相地开始拆了它们。我们住在其中，在外头踹它们，乱涂乱画，不断磨损它们。终于，残破到一定程度时，它们与人类也走到了"我不砸烂你，你便砸烂我"的地步。于是顺理成章地被消除。有时想想建筑物真的很可怜。被动地被造好，被动地被安排命运的走向，连何时死亡也早被算计好了。之前还与人和睦，下一秒却又变成了死敌。明明什么都没做。

它们也曾感恩过吧，对于将它们带到世上来的人呵。

"可弄堂再怎么破……"一杰忽然将嘴贴到我耳边，玩味地说，"回音还是很响。"

我别过头，远处的身影藏得真是拙劣。先不说脚步的回声，一个随意的回头就能发现他。

"你打算怎么办？"

"王盈盈吗？我们是去吃冰，又不是吃她。"

"她来表白的？"

一杰不接话，径自向前走去了。

"一杰！"王盈盈轻弱的声音从身后传来，在弄堂中反复跳跃，失真得有些咄咄逼人。

"一杰！你倒是停下应一声呀，夹在你俩中间好尴尬。"

"一杰！你等会儿！"王盈盈小心翼翼地走过来，脸红得似一个红富士苹果。

"干什么？"一杰终于回过头来，我趁着这个间隙钻到了一杰前头。

"一杰，我喜欢你。"

"哦，我不喜欢你。"一杰面无表情地说。

一杰，就是这么直接。一杰的性格可以说与致远是两个极端，用家长的话说便是所谓的"不听话"了。叛逆、毒舌，好哥们儿，这片街里最能打的。无论惹了什么麻烦，有他在立马安全感翻番。

一杰不会答应的，他会像拒绝前几个女孩一样拒绝王盈盈。

王盈盈也许在表白前已经计算过无数种一杰可能的回答并演习对策，可现在却只剩一张羞红的低垂的脸。

年少的表白，干脆利落，有种大刀阔斧的美感。

"够了吗？我走了。"

落幕了。

"求你别走！一杰！我真的喜欢你！"王盈盈大喊着，竟猛地握住了一杰的手。

所谓平日里越脆弱的人在关键时刻就越顽强，王盈盈，这会吃力不讨好的。

一杰却木然定住。

"肖湾，你先走吧。"他挥挥满是文身的手臂对我说道。

【四】

"你知道吗？一杰和王盈盈在一起了。"我对致远说。

"这我知道了，可你听着，我发现了一件大事。"致远上个周末夜里随父母散步，路过兰河时，打开了超能力，恰好看见，一杰父亲开着车在一个隐蔽的角落向兰河中倾倒工厂垃圾。

"这还没完，你没见一杰爸爸这两天愁眉苦脸的吗？在倒垃圾时，不小心把四五块刚造好的黑板也顺下河去了，损失惨重。"

难以置信。"可一杰总说他爸开厂实在着呢……这事……咱就瞒着吧。"

一杰就是这样，当着他爸的面吼他王八，可背里又容不得别人说他爸半点儿不好。

晚上，我正躺在床上，却听见楼下又炸开了锅。

"你凭什么管我！老王八！"一杰狂狮般吼道。

"管你？我还打死你！"

一阵暴乱的敲击声在静谧的夜里炸开，拳与拳的碰撞虽分外遥远，可也似乎就发生在眼前，今夜不眠。

一杰的逃课历史辉煌，相应地，一杰爸自然有办法治他。你不是逃课吗？老子把你锁在家里，你课也别上了，就给老子待着。

一杰不知道又会被关几天。

第二天，我与致远准备收拾书包回家时，一杰赫然出现在我们面前。

"怎么？这次服软了？这么快就被放出来了？"我说。

一杰不接话，神秘一笑，四下看看有无多余的人，然后走向黑板。

"看了别被吓死！"他挑着眉坏笑。

黄昏的夕阳照得教室滚烫，衬得校园寂静，也显得黑板格外美丽。一杰将手伸向黑板，温柔地爱抚着。我与致远凑上前来，却见一杰的手已消失不见。

不，不是消失不见，他，穿进了黑板中去。

他们家也许真与黑板有缘。一杰爸靠黑板发了财，而现如今，一杰竟有了所谓"黑板穿越"的超能力。一杰家的黑板牌子也叫"一杰"，可见他爸对他的喜爱。一杰能在自家造的黑板中自由穿梭，只是他无法控制以哪块黑板作为终点。这就意味着一杰可以随时在学校、家以及一切有他家黑板的地方来回穿梭。不过貌似有范围限制——他出不了镇子。

他爸终于关不住他了。他爸本就不怎么回家，一杰只要保证在他爸回家前穿回去，那么这份秘密的自由便不会被发现。

致远见一杰成了同道中人，便连忙向他展示了自己的超能力。

"你这能力……真乖。"一杰吐槽。

中考过后的暑假，我们三个难得能整天待在一起。致远父母给他放一个月的假，前提是别被一杰带坏了。

致远是听话的，可他父母不知道，一杰打群架，抽烟喝酒，与流氓称兄道弟，可谓干尽坏事，可唯独在我们面前，温顺柔和得像只萨摩耶。怎么可能带坏？

事实上，致远一听父母话，二听老师话，第三便是听一杰的话了。

"呆远，烟不是好东西，你永远别抽。"

"哦。"

"呆远，永远别和其他人打架，你是高智商的，有事叫我就成。"

"嗯。"

"呆远，别学我。"

"嗯。"

一杰的能力真是不错，只要多穿越几次，基本上就能凑巧穿到镇口的中学——离镇外西瓜地就几步路，故每当我和致远泡在图书馆里口渴难耐时，一杰总会恰好拎着俩西瓜从黑板中神兵大降——镇子里就图书馆与学校黑板多，穿越到这儿的概率自然不小。

他与王盈盈进展如何我们不是很清楚。一杰总是将自己珍视的东西埋藏起来。我们送他的十岁生日礼物至今仍静静地躺在院子里的大槐树下，他爸从新疆带给他的水晶坠子在他床下黄木盒子里一待就是好多年，可盒子一尘不染。就像他与致远相处时总是小心翼翼，尽量不让他父母发现。就像他从不把任何情感词挂在嘴边。他真的很喜欢王盈盈吧，致远总结道。

值得一提的是，致远的能力，貌似会随着眼保健操的坚持而不断增强，连带着视力竟也有所恢复，有次他想到多年后真能一目千里时竟难得地手舞足蹈起来。

【五】

我与致远进了同一所重点高中，一杰则勉强考进次了好多的一所高中。致远作为尖子生很快受到重视，被题海淹没，听话的他常常写卷子至筋疲力尽。我们普通生放学，尖子生倒还得留下来辅导，这便意味着我们即使放学也不可能一块儿回家了。我问他，你受得了吗？他回答，累是很累，不过老师家长也是为了他好。这个回答懂事得让人不舒服。我抬起头想看看他的眼睛，却发现那双清澈的眸子莫名不真切，仔细观察才明白——他的镜片又厚了许多。我们三个人的时间轴被打乱打散，即使短暂的相聚也会因时间紧而显得拧巴，就像互相追赶的旋转木马，明明近在咫尺，却又被钉死在固定的位置无法脱身。

转眼进入高三的夏天。

这天放学后,我沿弄堂回校拿落下的书,看见了致远。

白墙乌瓦的江南弄堂潮湿阴凉,青石地砖的坑洼中安静地堆砌着片片青苔,致远仿佛与之融为一体,将他摆在弄堂的任何角落都不会觉得不妥。细细想来真是奇妙,致远从小身上就有一股清爽的味道,现在才明白,便是这弄堂的味道。

他身边的是王盈盈。

他对面的是一杰。

最先开口的是王盈盈:"你根本不喜欢我。"

"她缠着我,与我无关。"致远没头没脑地冒了句。

"对!就是我缠着他,怎么?你也会吃醋?"

一杰冷笑着"哼"了一声。

"一杰,我头有点儿晕。"致远发现了远处的我,从一杰边侧着身走了过来。

"肖湾,我头有点儿晕。"

"分手吧。"一杰依旧面无表情地说。

"分?好!与其被你不冷不热地污辱,分就分!"

"肖湾,我头晕。"

"你喜欢自由?厌了就直说!恶心!喜欢自由,你以为你是鸟?"

"我还配不上鸟。"一杰顿了顿,"鸟屎还差不多。"

"肖湾,我头晕……"

混乱的声音在弄堂中反复轰炸,让人莫名地天旋地转,我喘着粗气,克制着无边的头痛,一瞬间觉得自己被拆断丢进了海中,山般的浪头一个个往身上打来,几近将我淹没,恍惚间,抓住一根稻草,低头看,致远已昏倒在我怀中。

【六】

致远在医院的检查结果只是睡眠不足与低血糖,在家休息几天便好。

适逢周末,一杰与我来看望致远,他在楼下等着,要我上去代他问好。致远父母的冷眼从来都很可怕。打开房门,那特有的气息便扑面而来,仿佛置身于破旧的弄堂。致远一如父母吩咐的那样,安静地躺在床上。被子是亮黄的,床头插着几枝勿忘我,两边山似的习题显得蔚蓝,壁纸越发深邃。

这房间看着让人十分不舒服,怎么说呢,与致远格格不入吧。致远应当是烟雨朦胧的墨绿色,若真要有花,那便是丁香,一如《雨巷》中如梦似幻的静美,致远适合这个。可怜房间色彩明明这么亮丽,可总让人觉得致远是一条脱了水的鱼,挣扎着鼓动鱼鳃,却又只能最终窒息。我匆匆问了声好便逃也似的离开了。

康复后的致远继续投入紧张的学业当中,他做好一本习题后,早已有父母老师精心挑选的下一本在等他,花样百出的卷子层出不穷,他更像一台机器,在人为制订的工作时间内毫无保留地运转。他镜片的厚度不断攀升,眸子中的光泽黯淡,突然有一天,他对我说:"肖湾,我完了,我的超能力不见了。"

我说:"怎么可能?"

"我试过了,这半个月来我每天都试,可就是没用。"他的话中带着哭腔,"而且,我眼睛的度数升得好快,越来越快,我现在摘了眼镜就是个半盲人,我是不是要失明了?"

我惊愕地看着他红肿的双眼,不知所措。什么?不会的!致远拥有世界上独一无二的眼睛,怎么可能会失明?一股挥之不去的焦虑扰得我夜不能寐。然而第二天我追问他眼睛的情况时，他却又开心地回答我说："一切已恢复正常。"

本以为正如他所说的，他的视力已恢复，可不久后的一个傍晚，我竟看见一杰牵着致远在弄堂中缓慢而行，不停地提醒他小心水坑石子儿。

那一刻我只觉得天旋地转，被莫名背叛的凄凉压过了怒火，我上前有气无力地问道："你不是说一切都已恢复了吗？"

致远明显被吓了一跳，慌得说不出话来又强装镇定，可越这样反而越明显——他看不见了。

"他没跟你说吗？"一杰满脸疑惑，"他视力渐差，现在还勉强可以正常学习生活，只是很怪，偏偏这弄堂中的一切，他一点儿也看不清了。不过没关系，他父母已经请来了专家……"

原来如此。

一阵风呼啸而过，致远应声倒地，鼻血"噗"地迸出，腥味在弄堂中弥漫开。

"你根本没跟你爸妈说，对吧！致远，我告诉你！你就一个笨蛋！"一杰青筋暴起地怒吼道。

自然，一杰不会与他父母接触，而我一定会去追问他病情的进展，难怪他瞒着我。

"肖湾，走，我们别理这个笨蛋了。"

"我！还能怎么办？那你来告诉我！我！该怎么办？还能……怎么办……"致远撕心裂肺地悲鸣，声音无比委屈。

他挣扎着想摸索一个支持物爬起，却使鼻血越发肆虐。是呀！能怎么办？无边的黑暗远远比可见的恐怖更可怕，未知的前途往往比绝路更难让人活下去。致远的前方究竟是什么？他连站稳都已竭尽全力了呀……

我正要上去扶他,却见他恰好抓到一杰的胳膊,同时颤了一下,一杰回过身,将致远扶起身来。

"走吧。"

一杰几乎是拽着致远向致远家疾步而去,身上的文身随着他的怒火上下起伏,他砸开致远家的门,冷笑着将一切告诉他父母。

致远惶恐地夹在他们中间。

"可悲。你们,真可悲。"

甩下这话,一杰扭头便走,留下目瞪口呆的致远父母不知所措。

致远的脸瞬间涨红,鼻血再次止不住地流出:"你爸才可悲!"

"你说你爸实在?我们院里哪个不说他是奸商?我就亲眼看见了,你爸为了省钱向兰河里投废料。哈哈哈!你爸才可悲!"

"你,还看见了什么?"一杰道。

"什么?你还不知道吧!你爸已经谈了一个女友,他们……"

"谢谢,"一杰道,"谢谢。"

【七】

致远当晚便被父母送去省里最好的医院,而一杰家爆发了前所未有的争吵,我在床上辗转反侧,心神被搅得一团糟,模模糊糊中,连现实与梦境也分不清了。

一杰果然被锁在家中了。不过这一次的逃离,他并未按时回家,他爸第二天回到家,发现一杰失踪,开始发了疯似的寻找。一杰貌似成心想躲,竟连我们也不联系。

致远两天后随父母回到镇子。医院明确表示:治不好。国内没地方治得好。于是他们回来准备出国求医。

致远却告诉我,他已经明显感觉到,自己快失明了。

生活就是这样一种东西,它明明永远朝着一个既定的方向缓缓前行，却又将对它深信不疑的人抬上天而后又踢下地，如此反复。致远坚定的乖顺使他得到了无数人梦寐以求的异能，可又在顷刻之间将它摧毁殆尽。他听话地做操，又听话地做题，就像那条弄堂，从未改变过，可又一直被改变。然而爬得越高的人摔得一定越痛，得到越多的人一定失去越多，透支式地用眼不但夺走了他的超能力，更像是刹不住的倾泻的水，冲散了他的视觉。

暴雨下了整整三天，兰河的水位连续爬高，腐败的味道蔓延在整个镇子。兰河原本不是这样的，清澈温柔，这是它原本的模样，可不知从何时开始，人们将垃圾投入其中，而后是工厂废料，最后，一切目光所及的污物都被塞进水里。于是兰河终于腐烂变臭，成了名副其实的"烂河"。

三天后，住楼上的阿孙把我家的门砸开，喘着粗气颤抖着说："肖湾！河边……河边……"

我只觉得一阵昏厥，恍恍惚惚地跟着他跑到河边：肿胀的一杰就那样安详地躺在淤泥上，兰河的水充斥着他每一寸肌肤，一杰父亲跪在一边，泪水早已流干，他不明白一杰是怎么离开家的，又怎么会跳河自杀。

只有我知道。

是那几块一杰爸不小心掉入河中的黑板。一杰想穿越离家，却突然来到水底，又被水草牢牢抓紧……

一杰，你果然是这样的呀。你曾说，你最喜欢牢牢抓住大人手指不放的婴孩，因为这样，会让你觉得自己被抓紧，被喜欢。被抓紧手的你从不会拒绝。王盈盈抓住你，求你留下，你便留下；致远抓紧你的手，求你领着他，你便领着他；现在，水草抓着你，要你留下，你怎么会拒绝？因为你从来都是一个缺乏安全感的人呀，明明穿着世上最坚硬的外壳。

一杰的脸很苍白，皮肤上的文身竟全然消失，身上竟也丝毫没有兰河的臭味，反而有一股清爽的味道，仿佛回到了孩童时代，一尘不染。

就像那年，懦弱的你刚被父亲牵来这里，你被院子里的其他孩子欺负，他们骂你是个没娘的可怜虫。你用你无力的臂弯拭去了无数次泪水，进行一次次抗争，却又被一次次推倒在地。

那个时候，是致远，一次次将你牵扶起来的呀！

一杰，你手中攥着的，是致远落在弄堂里的眼镜，我会让他亲自来取。

"致远！你快开门！一杰！一杰……"

开门的却是致远的父母。"肖湾呀，事情我们已经知道了，我们也很悲痛，可你看，致远现在病重……"

"爸妈，让我去吧……"致远的声音从他们身后传来。

致远妈皱着眉头搂住他的肩头说："听话！一杰去世我们也很悲痛，可……"

"我要去见他！"致远一字一顿地说，"我就要看不见了！看不见了！现在不见他就再也见不到了！"

气氛凝固下来。

"肖湾！跑！"致远突然冲出门，似一头灵活的豹，留下发蒙的父母。

"肖湾，牵着我，我视力又下降了！"

"肖湾！跑快点儿，我觉得视线越来越模糊了。"

"一杰！一杰！"

一杰，我们来了。

致远克制着自己的呼吸，微笑着迈向一杰，而后，跪下。他仔细地审视着他的脸，他低下头，独自呢喃，像多年未见的好友倾诉心肠，又像在对神明祈祷。他缓缓取下眼镜，这便是世间最郑重的告别。

"肖湾，一杰，我好像……完全失明了呢……"

一声沉闷的巨响传来，远处的弄堂，塌了。

【八】

葬了一杰后，致远性格大变，变得自立自强起来，他自己规划学业，规划人生，失明使他学业受阻，可他凭借出众的能力在社会上得以立足。

日子一天天过去，致远在自己的路上越走越远，越走越好，关于他的好消息如雪花般传来。

五年后，致远约我见面。

"那你说，你得到了什么？"我问。

"我瞎了之后，尝试过各种复健，并执迷不悟地又做了好多年眼保健操，根本没用。不过后来，我明白了，它早就不属于我了……就像当年，我看得见其他地方，唯独不见弄堂，那是因为，那弄堂在我眼中，早就塌了吧……

"不过，随着时间的推移，我渐渐明白了些什么。一杰什么也没做错，他怎么就死了呢？为什么呢？后来我明白了，我们得到的不是什么超能力，我们只是生了一场大病，他的是急性，我的是慢性。谁也说不清他的反叛和我的乖顺孰好孰坏，只不过，有一点是明确的——它们都不适合这个世界，所以成了一种病。我们的毁灭理所应当。"

他摸索着来到黑板前，将手牢牢按在上边，一如牢牢牵着一杰的手。

"你看我找到了什么。"他说。

我突然觉得一阵惊悚,莫名的恐怖在心头弥漫开来,回过神来,致远的半个身子已经进入其中,我知道他要去哪儿!

"不!致远!回来!"

致远的全身都没入那黑色中,我甚至可以听见兰河的流水声。不!致远!

忽然,一股熟悉的弄堂气息在教室中飘散开,全身湿透的致远"咚"的一声落回地板上。

他惊慌地抬起头,难以置信地对我说道:"肖湾!我是……被推回来的!"

"什么?"

"肖湾……我好像……能看见了……"

刺青的猫尾巴讲义气

「猫有九条命，知道吧？每当猫快死时，猫就会掉一条尾巴，这条尾巴会代替猫死去，九条命，八条尾巴。」

【一】

我养了一条猫尾巴。

是的,就是一条猫的尾巴,大约小臂那么长,两指粗,黑底白纹,毛色柔顺,漂亮得像个毛绒玩具,摸起来更是舒服极了。这条活泼的长圆柱体由于没有眼睛,便喜欢在家中各种乱窜。《小熊维尼》知道吗?这个小家伙的移动方式便与跳跳虎的尾巴相似:要跳跃前,它先把自己像弹簧一样稍稍压紧,接着便"咻"一声飞出去,在空中翻个身,落地,继续弹跳。

可爱极了。

除了它碰坏的三十七个盘子、两个花瓶与六架航模——如果兴致来了它能跳到天花板那么高,养一条猫尾巴还是很省的。

因为它只是一条猫尾巴,没有五官,不用喂食,不用清理猫砂,洗澡也方便。而且貌似只要这尾巴的原主人——那只猫无恙,它便永远是那么生龙活虎。

而且,神奇的是,它在很多方面又与猫一模一样。不知没有耳朵的它是怎么做到的,身为主人的我每次拍拍手,它便会很乖很欢脱地跳过来,像蛇一样在我两腿之间穿行磨蹭。当我抚摸它时,无论之前玩闹得多开心,它都会立刻安静下来,任我揉捏。我每次出门总爱带上它，把它挂在脖子上，它会很听话地蜷成一圈，可谓主人的御寒贴心小围脖儿。

我得到这条猫尾巴是因为半个月前的一次意外。

那天清晨我下楼吃早饭，望见楼下杜青正风风火火地往楼道赶来，于是连忙躲在拐角处准备吓他。

三，二，一！

"砰！"我一脸兴奋地跳了出来。

"喵呜呜呜！"一声凄厉的猫叫在我耳边炸开，我顿时愣在了原地。天杀的杜青竟走到半路绑起了鞋带，我眼前躺着一只灰白相间的虎斑狸花猫！它呈一个"大"字形倒在路中，身上的毛全竖了起来。

杜青用看神经病的眼神盯着我挪过来，说："你……有病吧……吓一只猫？"

我二话不说就是一脚："你还说！要不是……唉，算了算了，先看看这猫……"

回过头来，那猫竟然不见了，留下了这条猫尾巴，于是……我就莫名其妙地多了一条奇特的宠物。

【二】

这天下午我购物回家，被连塞六张寻猫启事——最近城里老是有猫失踪。

走入楼道，我老远便听见门口不断传来"叮咚叮咚"的门铃声。

"谁呀？我回来了！您别按啦！"

走过转角，门口蹲着一只猫。

"是我。"它缓缓开口。

"你是谁？"天下奇闻！一只猫在你家门口按了半天门铃，还好像与你很熟一般跟你说话！

"欸……"它像看笨蛋一样瞥了我一眼，低头叹了口气，"半个月前，被你吓出半条猫命的那只……"

完了完了，冤家上门来了……

愣了两秒，我连忙上前打量起它，说："那么您老……是来干什么的？"

猫用爪子敲了敲门："先进去让我喝口水再说！"

"猫有九条命，知道吧？每当猫快死时，猫就会掉一条尾巴，这条尾巴会代替猫死去，九条命，八条尾巴。"猫右前爪的中指没指甲，它便用这根手指挖起了鼻孔。你绝对无法想象这样一个场景：一只十分可爱的猫咪跷着腿躺在沙发上抠鼻子，身为人类的我却拘谨地正襟危坐在一旁——没办法，毕竟我把人家半条命都吓出来了，总觉得很抱歉……

"那……这家伙……为什么活着？"我指了指乖乖趴在猫肚子上撒娇的猫尾巴。

"特殊情况！那天你跳出来得太突然，瞬间吓死了我半条命，于是这条尾巴掉了出来，可里边还有半条命！所以它还活着。"它瞪大眼睛，耸了耸肩，"我们猫平日里相当谨慎，极少出现这种被吓个半死的情况。"

"哦……哎，对了，既然你们有九条命，那为什么还那么容易死？"我挠着头问道。

"你傻啊！"它说出来了！它直接说出来了！被一只猫教训，这感觉真是……"我们猫呢，有个特点——不识数！这就意味着我们根本不记得自己还剩几条命，于是大家也不知道节约，九条命用着用着就没了。"

"那你还剩几条？"

"两条。"

"你又怎么知道你还剩几条的?你们猫不是不识数吗?"

"我比较机智!你傻啊!"

它倒还骂上瘾了……

"好了好了,"它撑起身子,两脚直立地站了起来,拍了拍我的肩膀,"反正我这两条命呢,也还够用,这半条猫命你就先帮我保管着,需要时我再拿回来。"

"这命你还能吸回去?"我很惊讶地问道。

"那必须的!"

猫优雅地跳到地板上,舔了舔爪子道:"我先走了!再见!"它贱笑着冲我挥挥爪子,便从我家阳台跃下,在楼下空调外机上一蹬,安然着陆。

见猫尾巴也跃跃欲试地跟上去,我连忙握住它挂在了脖子上。

"这猫……真牛。"

【三】

我家阳台正对着女神家的阳台。

为了出现在她生命中我可谓煞费苦心。

平日里洗好的衣服我总是不晒的。每当瞄到女神在阳台上,我便会瞬间拿起衣服衣架晒衣服,来场"偶然"的邂逅。我们会相视一笑,哥的世界立马春暖花开。

今天又见女神在晒太阳,我连忙将"存货"通通抬到阳台上来。

女神见到我,优雅地笑着点了点头。

我尽量让自己帅气成熟,微笑,点头。

女神怀里的那只猫,贱贱地一笑,点头。

春暖花开。

嗯……猫。

猫！

我吓得把脸盆往地上一扔，立马扑到栏杆上探出脑袋仔细观察。就是它！以前怎么没注意呢？女神养的那只猫就是它！

"我的天啊！"我难以置信地自言自语。

女神被我盯怕了！双手往胸前一护，疑惑地轻喊："什……什么？"

猫灵巧地往护栏上一跳，咧着嘴冲我抖了抖眉毛，又是那该死的看笨蛋的眼神！

我尴尬地摊开手喊着："没什么！就是这猫……很萌呀！"

"谢谢。"

晚上，我蜷缩在沙发上，回想起今日的失态，整个人都不好了。猫尾巴倒是一直很有精神，在我面前跟个小精灵似的蹿来蹿去。

"咯咯咯。"阳台的落地窗突然响了起来。

是那只猫。

"你来干吗？"我没好气地拉开窗，放它进来，"今儿可算是吓回来了吧！"

凉风从外头灌进来，绽开秋夜独特的枯朽的味道，连带着灯火映成一股肃杀。"用心跳送你心酸离歌……"远处的歌声混杂着"肉串买五送一"的吆喝声，与肉串店独特的难听的快音乐交织，慢悠悠地飘入耳朵，在鼓膜深处变为一团棉花一样塞心的东西。深不见底的黑暗被城市的霓虹灯打得稀烂。

猫眼闪着幽幽的祖母绿，它踏着悠闲的猫步转进来，柔顺的毛被刮得蓬松好看，像是肉球上沾了些发黄的草。

尾巴又黏了上去。

仰着脑袋抖了一阵身子，它挑着眉开口："哥们儿，喜欢我家小婷，对不？"

"小婷？哦……原来她叫婷……"我试探地回答道，"喜……欢？"

"好！"猫的表情豪爽得跟鲁智深似的，"我帮你助攻！"

"得了吧！就你？"我扭过头去，"哥们儿！你也就一猫好吧？"

又是看笨蛋的眼神，它瞥了我一眼，晃着脑袋说："信不信由你……这样吧！明天下午两点，你下楼，我帮你要到小婷的电话。"它脸上挂起一抹坏笑，"如果要到了，你要当我小弟！"

耸耸肩，我说："要是要不到呢？"

"嗯……帮你偷件她的衣服来？"

这猫刚刚绝对坏笑了！

"太龌龊了！啧啧啧啧……"我鄙视地盯着它摇起脑袋，"不过成交！"

貌似输赢都有赚哦……

"够爽快！"这家伙把窗户挤开个缝儿，回过头来说，"明天准备好鲜奶鲜鸡肝等我！哼哼。"

它消失在夜风中。

【四】

第二天下午，我如约来到楼下花园，见女神正与她闺蜜说笑着挑逗她怀里的猫。

"你说爱，本就是梦境……"音乐从远处飘来，又被肉串店的大音响砸成了"三块一串"。

风刮过几张寻猫启事。

我向女神那儿走去。这猫明明是只蛊惑猫，卖起萌来半点儿不含糊！水灵灵的大眼睛配上欲迎还羞的肉球，加之软绵绵的叫声，它引得女孩们一阵尖叫。天哪！我已经开始嫉妒一只猫了！

"我倒要看看，你怎么个帮法。"

猫抬起头见我来了，连忙从女神怀里蹦出来，屁颠屁颠地笔直扑进我怀里！

女孩们诧异得下巴都掉地上去了。

我低头，见它正眯着眼一脸贱笑地看着我，口中溜出一句："小弟……"再抬头，女神已经往这儿赶过来了。

"这真是……太神奇了！阿狸头一次主动亲近人！"女神微笑着伸出手，"你好！正式认识一下吧！我叫婷！"

……

不仅要到了电话，我们还约了下周三见面——猫赖在我怀里死活不走，我在婷心中的印象值瞬间爆表！

夜。

"猫哥！牛！真牛！"我谄媚地蹲在猫身边揉着它的腿。

"以后，你就是我小弟啦！我罩着你！"它把左肩上的猫毛撩开，里边竟露出了一个刺青——一只骷髅猫，"在你身上也文一个！"

猫见我犹豫，又瞪着眼强调："必须文！"

"文就文呗……不过……您老文身有必要吗？别的猫也看不见呀！"

"别人见不着你吃饭你就不吃了？"它又像看笨蛋一般看着我，"对了，以后叫我狸哥！"

说着，它钻出了窗户。

【五】

"狸哥！嘿嘿，这是今天的鲜奶，请用！"我挂着标准的服务笑容，将吸管温柔地送进它嘴中，又替趴在床上的它捶起背。

这段时间，在它的帮助下，我与婷的关系直线上升，本人自然是十分乐意当这个小弟的。

"山鸡！把电视先关了！吵死了。啧啧啧，这狗肉节要是被哈奇看见了，它准得发疯！"

山鸡是它给我取的外号，真整得跟古惑仔似的……

"哈奇？楼上杜青养的哈士奇？"

"对呀！它也是我小弟呀！比你辈分还大呢！"它讲得理所当然。

"我说它怎么最近看我跟看孙子似的……"

几天后的晚上，狸哥迎着微微颤抖的尾巴爬了进来。

风从夜城中拂来一股血腥味——这并不奇怪，天底下最血腥最恐怖的地方本就是城市。

今天的血腥味有点儿浓呢。

我定睛一看。

狸哥身上全是血，像被红墨水浸过一般，灰色的毛被黑红粘成一团，肩上的皮翻起了一大块，爪子也破了，它眼皮垂着，呼吸的起伏伴着无力的颤抖，口中有进无出地哈着气。

我急忙抱起它往兽医院赶。

"怎……怎么了？"

"嗬……你还真够哥们儿……医药费下次我想办法还……也不知道……这条命保不保得住……"它咧开一个坏笑，虚弱地回答道。

"那些……卖肉串的……害死了……我两个兄弟，敢在老子的场子撒野……"

"你傻啊！"我生气地吼道，"就你一个怎么斗得过他们？你这家伙……"

"知道啦……"它笑着扭过头去，不再说话。

所幸，狸哥受的都是皮外伤，由于害怕婷担心，它先偷住在我家些日子。婷以为狸哥不见了，满城找它，我便也"满怀焦急"地陪着她。

你很难想象一只猫能说出这么多有哲理的话："身上背点儿苦痛，让人觉得自己活着。""大多数人总是口中喊着平等，却连给一只小猫善意半分钟都嫌烦。""你们可以杀我们，吃我们，我们对老鼠也是杀的，但请别在杀我们时谈笑，我们不想在这种恐怖的无所谓中死去。"

猫被我们定义为低等，但真的是这样吗？我觉得大多数人都比不上狸哥。

一段时间后，狸哥总算是康复了。只是，它的模样变化了许多：精瘦，猫毛变得干枯发涩，身体自然而然地躬着，仿佛随时会展开攻击。它耳朵上的毛脱了大半，但目中却迸射着厉光，每一个动作都充满着爆发力，如果把之前的它比作一头盘踞领地已久的雄狮，那么现在的它，用饥饿到极点充满攻击性的游虎来形容更贴切。

尾巴不爱跳了，整天贴在我脖子上一动不动，若非能感受到来自狸哥的心跳脉搏，我几乎以为尾巴已经挂了。

在这段时间里，我已与婷开始了正式交往。

这多亏了狸哥，我每天都是迎着它看笨蛋的眼神回到家的，也不知它从哪儿翻出来一本小簿子。让我记下一切它所知的，有关婷的事，婷喜欢的、不喜欢的、她的小毛病……它貌似能通过尾巴知道我与婷的进展，于是每晚它便真的像个大哥似的告诉我哪些事做对了，哪些做错了。

兴致来了,我们还会买几罐酒吃点儿下酒菜——它酒量比我还好!

这天出门前,狸哥突然拦住我,让我记下了最后一件事,却不是关于婷的。

它用爪子蘸了点儿墨水,在簿子最后一页上歪歪斜斜地写下四个字:"我是狸哥。"

"你写这个干什么?"

"哎呀,你别管!走吧走吧……约你的会去!"它笑着冲我挥了挥爪子,便低下了头,不知在想什么。

【六】

我与婷在公园中漫步。

夜间的公园总会嵌着凄凉的灯,将延伸的小路撑开一个个微小的光缝,青柳与竹伴着风无力地摇晃,当翠绿化为黑暗,青石地板开始潮湿起来,秋天的黄叶会不断从头顶上"簌簌"地飘落,它们会贴在鞋底,绊住行人的脚步。

有些……不对劲……

骤然驻足。

"怎么了?"婷挽着我的手臂问道。

"你先回家!我一会儿来找你!"说罢我扭头就向外跑去。

那个浑蛋!那个傻瓜!那个……家伙……

尾巴!尾巴突兀地在脖子上颤抖起来!那个浑蛋!上次它受伤时,也是这样!

咚咚……咚咚……咚……

它的心跳,在变慢!

可恶啊！可恶啊！不是说了别去吗！浑蛋！

"尾巴！带我去狸哥那里！求你了！快！"我解下尾巴急切地说。

尾巴一阵激灵，仿佛听懂了我的话般跳到了地上，可它一个踉跄，又虚弱地摔倒在地！

我连忙小心翼翼地将它抱在怀里，对它说："振作呀！你只要告诉我方向！只要……"

尾巴立刻变为一个直角，头笔直地指着一个方向！

"谢谢！"

跑！死命地跑！

咚……咚……

别挂呀……你这家伙！你不是还有一条命吗？别挂呀……

咚……

坚持住啊！浑蛋！

我转过一个拐角。

小巷唯一一盏老灯淡淡地发着光，前后是无边的夜，远处的水滴声滴答滴答地传来，江南特有的白墙像丧布悲伤地垂下，黑瓦是一捧捧坟土，地面湿了，却满是腥味。

狸哥躺在灯光下，像块烂了的布。

"你来啦……够哥们儿……"它的声音比蚊子还轻。

这次，只有一个伤口，森森白骨从它的胸口露出，血从最初的喷出至现在仍在汩汩地流着，沿着巷角汇成一道恐怖的红色的溪。

"你不是还剩两条命吗？那么……你不应该……"

"呵，我们猫呀……果然不识数呢……我记错了……"它贱贱地一笑，鼻孔中渗出血来。

战栗着跪下，我仿佛预感到了什么，想摸摸它，体会它最后的体温,却又害怕将这抹气泡般的残喘碰碎。

"喂喂……骗人的吧……"泪水不住地从我眼眶中涌出,"尾巴!还有尾巴不是吗?这半条命!你还有半条……"

"骗你的!哪有掉出来的尾巴还能收回去的道理?呵……这半条命,送你啦……"那熟悉的眼神从狸哥将倾的眼皮下透出,它想再咧开嘴巴笑会儿,却被血衬作惨笑。

"那些做肉串的……小婷、哈奇他们……"

"没说完温柔,只剩离歌……"远处的音响吼得声嘶力竭,音符在空中打了个转,落在小巷中。

它的嘴唇,不再动了。

喂喂,猫尾巴,再掉一根出来吧……

求你了……

什么都没发生……

"狸哥……你才是……最大的笨蛋呀……"

【七】

我跟婷说了所有的事,那眼神,那欠揍的笑,那只有男人间才会定下的约定……

那天,婷哭得撕心裂肺。

尾巴还活着,还是那么生龙活虎,大概是因为这半条命已经被狸哥送给我了吧。

但,很奇怪呢,尾巴的心跳明显不是我的,这熟悉的频率分明是狸哥的呀。

我翻开尾巴上的毛,果然有个骷髅猫文身。

后来,我每每见到这条街上的家猫野猫,便会将手臂上的文身露出来——我发现它们全是狸哥的小弟。

凛冽的冬风终于伴着北方的枯草味呼啸而至,将城市中的血腥味清洗得一干二净,黄昏之后的干涩噪声与扎眼的夜灯也最终被冰冷冻结。

远方的肉串店喇叭中的快音乐不知为何消失了。

于是天地间只余下广场边飘来的那抹声嘶力竭的歌声。

"用心跳送你,心酸离歌……"

我和尾巴在听哦……你的心跳……你个世间最大的笨蛋,狸哥……

忧郁男子与塑料心

思森,听说你去了一座叫「塑料心」的城市,这没关系,等天气冷了,要回来哦!

【一】

每天清晨醒来的第一件事,便是仔细地体会兔小姐帮我整理身上的衣服。

她白皙温和的手带着小睡意在我身上游移,将我宽阔肩膀上的帅气衣服理得整洁大方,作为一个公众人物,这样的打点是必要的。

我会享受兔小姐那充满阳光的微笑、三十七摄氏度的体温,眸中的彩虹衬着吐气如兰,嘴角的痣俏皮可爱。她将工作装映得如此淑女,高跟鞋在瓷砖上奏出乐章。

这会开启我一天的好心情。

虽然我的心情对大家并不是那么重要。

我是一名塑料模特儿,编号"0343"。

【二】

二十点四十分。

在保安将整层五楼巡逻两圈后,商场终于完全关门了。

伸个懒腰,我开始活动筋骨。

好吧,我没有筋和骨。

商场走廊上的电子表孤单地闪着,反而显得这座钢铁巨兽空寂乖顺，工作了一天的日光灯打起了瞌睡，自此，便是我们的时间。

踩着地砖之间的连接线，我悠闲地来到隔壁西装店。

偌大的店只有一个塑模——全身银白，摆着干涩又僵硬的动作，脸上找不到眼睛与表情，似乎永远也无法开口，无脸的目透出忧伤，把这具身体衬得越发颓废。

在这座商场中最像塑模的反倒是他。

但他其实是个人，是个大活人。

三个月前，这个中年人红着浮肿的眼眶摸进塞满黑色的商厦，连支撑他的脊椎都痛苦地发着酸涩的低号。

是情伤。

刘阿叔从储物间一瘸一拐地走出来，蹲在他身边，对他说："既然心都死了，那就来做个塑料玩意儿吧。"他的手指将那浮肿引向了储物间。"那儿有一个和你一样伤情的家伙。你们人的心死了，可以当个塑料；塑料的心死了就只能散落一地……他再也活不过来了。套上他的残躯，来当个塑料人吧。你会喜欢的……"

于是商场里多了一个不伦不类又从来不动的模特儿。

我绕着他转了几圈，大大咧咧地敲了敲他的脑袋。

"大叔！起床了！走，我扛你去四楼。"

没有回答。

对面店铺的"0351"和我一起拎起他，前方三三两两的身影都向着四楼靠拢，走出店门，向上瞥了瞥。

店名叫"忧郁男子"。

四楼商场休息区此时已挤满了塑模，大家工作了一天的疲倦在谈笑中一扫而光。我挑了一张沙发把大叔放下，见刘阿叔正从阴影中拐出来。

他在中央的位子坐下，缓缓开口："那么，今天大家有什么趣事吗？说来听听……"

原本已安静的场面再次喧闹起来。

刘阿叔是这座商场中年纪最大的模特儿，大到什么程度，从他的款式就能察觉——他是中国最早的那批模特儿。高颧骨、卷发的外国人形象，眼睛无神且画技拙劣，关节少而僵硬。

但这并不妨碍我们对他的尊重。据说20世纪80年代，这家商场的老板刚开始创业时便带着他。他们一步步从小店爬到如今的市中心商场，各自的艰辛困难不言而喻。

现在他已经退休，被放进储物间里。

人类有人类的习俗习惯，我们塑模也是有的。每天定时定点聚会的传统打刘阿叔那辈就有。

"你们知道吗？你们知道吗？今儿我见一妞儿，特标致，于是小爷用脚一绊……她马上就扑到了我怀里！"色狼又是一脸兴奋地张牙舞爪，向大家介绍自己的艳遇。

在工作时还敢动的人也就他了。

大家七嘴八舌一阵后，便各自离去了。

事实上，在人类忽视的小角落里，我们塑模的夜生活可谓丰富多彩，五层大的商场有很多事可以做：闲谈闲逛、试穿衣服，甚至二楼的技术宅"0222"偷看了电脑密码——一群家伙现在正在追韩剧《来自星星的你》。

只余下我、大叔、刘阿叔。

拎起刘阿叔脱了半边漆的腿，我在关节处按摩起来——他的关节早就生锈了。

"这家伙……还是不吱声吧！"

"那可不！"我答道。

"随他去喽……"

……

待把大叔扛回店中，我在他面前坐下："大叔，你是过来人，你是人，你别不说话，好歹支个招儿。最近一男的老骚扰兔小姐，我就只能戳在那儿看着人家献殷勤。要不是有工作，我真想踢他。"

"哈哈哈哈哈……"远处追剧的家伙那儿传来一阵笑声。

大叔仍像半潭死水。

【三】

第二天下午，我正欣赏，不，带着批判的目光怒视着色狼行猥琐之事，却见一男子踏进店里。

又是他。

用人类的评价角度，这位可谓高富帅，但我始终认为他是比不上我的。

论身高他差我一丝，长得自然也没我帅，本模一表人才、相貌堂堂，浓眉大眼尖下巴，走的是韩花美男范儿。

"不过是个人类罢了！正面竞争我肯定赢他！"晚上，我扛着大叔上楼，"哎，大叔，你说我能不急吗？今天兔小姐都同意跟他吃饭了！"

……

沉默。

月光从侧面洒下来，照在光洁的地砖上，在我的空壳中回响。

我顿了顿。

"要振作呀，大叔……"

模特儿突兀地动了一下，又被黑暗裹了起来。

……

"哎，你们也出个主意！我不求与兔小姐真正成为男女朋友，但至少，我想证明，我干得过他！"

聚会上的家伙一个个面面相觑。

色狼跑了过来，搂住我的肩膀："但哥们儿，你的对手可是个人！而且，他有钱。"

"有钱了不起啊……"

"有钱，像我们这样的塑料他想买多少就买多少，再看看咱们，连身上的衣服都不是自己的……"

话很在理。

"0222"站了起来："那就避开钱，想办法靠人格魅力征服她。咱溜出去，找个机会……"

"我不同意……"刘阿叔低着头，声音严肃深远，"你们，忘了凌依了吗？"他指着大叔躲藏的那个模特儿，那个已经死了的模特儿，脸上的漆又掉了一块。

"人类太容易变心了……"

大叔又是一振。

安静。四周的喉咙仿佛都上了把锁，我埋下头，本想从大家的呼吸声中找到一丝慰藉，却恍然：我们是群连呼吸都不存在的可悲玩意儿。

"可我，可我终究想试试！哪怕半天，哪怕一分钟！我想走进她的生命中去！而不是像个废物一样让她从我触手可及的眼前消失！我会后悔一辈子！"

爱，究竟是从何时开始被钱绊住脚跟的，我被制造前就是这样了吗？

人类被制造前，就是这样了吗……

眼泪，流不出来。

安静。想从我的心脏的搏动处找到一点儿还在动的东西，可我没有心。

"咔咔咔咔……"

某处关节动了起来。

黑暗中,仿佛一尊亘古不变的雕像的大叔,动了起来,他缓缓抬起了右手,在空中收回半分,最终仿佛下定了决心,碰了碰刘阿叔。

"是吗……你想见证吗……"刘阿叔看着大叔,"好吧,我同意了!明天!我们明天就出去!"

一群塑料没缓过来,接着一阵欢呼。

唯独我"阴沉"在沙发上。

色狼看看我:"让我来!让我来!"说着便屁颠屁颠跑过来,往我屁股上猛地就是一脚!

一个激灵,我苦笑着站了起来——老毛病了,我一旦紧张过度,便会僵硬在那儿动弹不得。

"谢谢大叔!谢谢刘阿叔!"我连连鞠躬。

【四】

第二天夜。

假发、围巾、大衣、墨镜、手套……衣服我们缺吗?

大伙儿在全副武装后才突然发现:商场门口和一楼有摄像头。

技术宅"0222"捧着笔记本笑着走过来:"门口的摄像头已被攻克!"

"哆啦A梦,你太棒了!"色狼大笑着搂起"0222"的肩。

"作为一名有理想的塑模,充实自己是必要的,我刚学完法语、英语……"

刘阿叔一瘸一拐地走过来:"至于如何绕过一楼的监控……"他从腰间的一个破洞中掏出一串钥匙,"走货物通道吧!"

十几道身影溜出商场。

"大家注意了。尽管我们已经裹得严严实实,但也别往比较亮的地方走——我们毕竟和人还是有差别的,身上的动作僵硬,表情也不灵活。要是有人碰了我们的身体,会立马被发现!"

【五】

兔小姐踱步在江边,冬天的风从水上带来夜的味道,今夜,她一个人。

一家酒吧映入她的眼帘。

"Plastics Heart"——塑料心。

"好奇怪的名字……"她走了进去。

江边林荫道中,那些家伙"人"碰"人"挤了出来:"好机会啊!酒吧中光线暗!你完全可以把脸露出来!他们发现不了!"

的确是好机会!

兔小姐坐在黑暗的角落,酒中的气泡闪着些许烦恼。A先生正在追求她。是的,他帅气多金,又有魅力,很完美。兔小姐不讨厌他,但也说不上喜欢。

他完美得不像人,反倒像个……被人造出来的假人。

兔小姐是个安静的人,这么多年来也一直希望找到同样安静的另一半,他们可以在安静的江边静坐发呆,这一点闪闪发光的A先生绝对做不到……

一个黑色风衣男子在她面前坐下。

"小……小姐,能……认识,能认识一下吗?"男子的声音越来越小,最后还低下了头。

一个大男人还这么害羞。

"……你好,我叫兔。请问,你叫什么?"

"四三……"我的脸几乎完全缩进了围巾里,如果我有皮肤血液,估计脸早就红成猴屁股了。

我没有名字,只有编号。

"思森?思念的思,森林的森?"

我眼中瞬间放出了光,连忙抬起头:"嗯嗯!"

"呵呵,你这人呆呆的,真有趣……"

终于有名字了!

我终于有了属于我的名字!行内规定:未经人类允许,塑模不得有名字。刘阿叔本名阿刘,是商场老板当年取的;色狼的名字自然来自被他调戏却又不知发生了什么的女孩;至于"凌依",编号"0501",那是一个凄美的故事。

糟了,太激动了,卡住了!

"哎,你怎么不说话了?"兔小姐有些疑惑。

完了,要被讨厌了吗?

正当这时,还是色狼兄弟够默契,他立马看出了我的异样,连忙从邻座走了过来,往我屁股上又是一脚!

我整个"人"几乎蹿起来,酒杯差点儿翻倒。

"哎,老张!"它一脸贱笑凑了上来,"是不是老张?"

"您认错了!"我回过头,冲他使了个眼色。

"哦哦!对不起,对不起……"屁颠屁颠跑开。

兔小姐都快笑到地上了:"你这人……怎么这么倒霉……哈哈哈哈……"

我们相谈甚欢。我了解她的生活、她的工作状况、她的烦恼、她的爱好……每句话都是那么投机。

"所以啦……我在犹豫要不要答应他。"兔小姐叹了口闷气,不再说话。

场面冷了下来。

见她不开心,我灵机一动,又装作卡住了。

这次给我一脚的是"0222"。

"哎,狗剩儿!是不是狗剩儿!"

……

她又笑到直捂肚子:"他们是故意整你呢吧!"

"哪能……应该是我帅得比较大众……"

【六】

踏着轻快的脚步,我在大叔面前坐下。

"大叔,你知道吗?我们今天说话了!还很聊得来!真是太谢谢您了!"

用欢脱的小麻雀来形容现在的我也不为过。

"大叔,我跟你说……大叔,你知道不……"

我享受这种在安静的角落与安静的大叔聊天儿的感觉。他不会对你的倾诉发表任何看法,但你又知道自己的确在对着一个活物说话。这些在黑暗中的对话,反倒是存在感最好的证据。

自从大叔来到这儿,我每天都会与他长谈。

我知道他在听。

"时间不早了,该睡了……"我站起来把身上的衣服揉得乱糟糟的,"您知道为什么我每天睡觉前,都要把衣服弄乱吗?这样啊,睡觉真是难受,可只有这样,兔小姐才会注意我,过来碰碰我。这样啊,我就已足够幸福。"

我走出店门,向上看了眼。

"忧郁男人"。

黑暗中动了一下。

【七】

每周周二、周五，兔小姐会与我在"塑料心"见面。

已经两个月了，我知道，我与A先生的竞争也到了最关键的时候。他已展开各种高大上的追求，这让我压力颇大。

"你明明很帅呀！为什么老爱缩着脑袋？还有，再过两天天气就热了，没了围巾，你把头缩哪儿去呀！"兔小姐的声音透着调皮，我知道，她更喜欢我一点儿。

是呀，到了夏天，我不能裹着大衣，僵直的身体该怎么隐藏？是该离开了……

"那什么，我上个厕所……"

酒从塑模的嘴巴进去后会从哪儿出来呢？

我倒立在厕所中，任烈酒从喉中涌出，我们没有舌头，我们没有大脑，分别那天来临的时候，该怎么用酒麻醉心碎？

我决定了，周五，周五我就向兔小姐表白。

我再次蒙上脸走出来，却见洗手台边等着一个醉醺醺的男子。

"我说兔小姐……为什么总不答应做我女朋友，原来有个隐藏的对手……"

A先生提了提风衣："喂！小子！有本事咱摆台面上竞争！别缩在角落里像个窝囊废行吗？你有种像个男人……"

我把裤子往下一拉："看！我不是男人！"

真是烦人，懒得与这个醉鬼交谈。

A先生显然被吓到了！因为喝醉而绯红的脸马上煞白。

正当他惊魂未定时，我把围巾也拉了下来："我是个男模！"

A先生"啊"地吓昏了过去。

我将他架到一个厕所隔间中。

"你真像个男人……"

说着我踢了他一脚。解气。

"这样做有点儿过分了……"刘阿叔的声音从背后传来。

"没事,明天一觉醒来他早就忘了……"

【八】

"大叔,大后天,我要向兔小姐表白……"

一动不动。

"我知道你在听……"

我转身,走出店门,抬头。

"忧郁男子"。

周五。

昏暗的光线,悠扬的慢音乐,酒杯磕碰出一片激情。

我的身边多了一束玫瑰。

时候到了。

我将围巾按在脖子上,将嘴唇露出来,正欲把玫瑰拿出……

酒吧的灯竟同时大开!

亮如白昼的灯光照得我天旋地转,音乐倏忽变得煽情,吓得我连忙将头埋入围巾中,缩在座位上死死地低着头。

周围的顾客们,除了刘阿叔他们,竟全都站了起来,面向兔小姐鼓起了掌!

A先生缓步走出。

他的眼神似把尖刀欲将我剁成碎片,夹杂着怀疑的微笑仿佛从我关节渗入,将我看透。

完了!

什么都完了!

这是个圈套。

这个场子里,全是A先生的亲朋好友,他包下了整个场子,在这目光的聚焦下,我动弹不得!A先生肯定没有发现我不是人类,但他对上次他喝醉时发生的事绝对有印象,他在怀疑我,故而选用了一个最安全的方法试探性地攻击我!

假若我不反攻,想必他也会确定我有问题,到时候……不止我,刘阿叔他们的安全也……

最严重的是,兔小姐自然也看见了我手边的玫瑰花——不表白便会永远成为A先生的手下败将,面对我的懦弱,恐怕兔小姐也会对我感到失望吧……而我一旦表白,他们会立刻发现,我连人类都不是。

我直直地僵在那儿了。

A先生的目光仿佛在说:有种便表白。

昨天,是我太冲动了……

可恶。

什么都完了!

"啪啪啪啪!"

正在这十万火急的关头,灯竟又暗了下去!

"塑料心酒吧主灯,攻克完毕!""0222"从配电房走了出来,冲我伸出一个大拇指。

好哥们儿!

"去吧!可别输了!"色狼冲上前来,往我屁股上又是一脚!"别忘了!你的背后永远站着我们哦!"

能动了!

"小朋友们……先别闹!让叔叔打个电话!"刘阿叔从容地站了起来,微笑着从身体的洞中掏出一部手机!

"哆啦A梦!"众塑料惊呆了!

商场四楼，有间叫"忧郁男子"的店铺。

在这间店中，只有一名模特儿。

"叮叮叮叮叮……"

模特儿中传来一阵手机铃声。

只见，模特儿缓缓地动了，像一座亘古不变的青山开始震动，像平静千年的大湖开始汹涌，他将身体拆开，其中露出了一名中年男子！

"嗯，我知道了。阿刘！这小伙子，我帮定了！"

男子说着又拨了一个电话。

"塑料心吗？是我。出双倍赔偿金，不！三倍！把那群包场的胡闹年轻人给我赶出去！别管什么信誉！这是我的店，我说了算！"

场面，安静了下来。

众塑模一个个过来拍拍我的肩膀，说："上吧！"

喵，一群……你们这些家伙……还记得你们只是一堆塑料吗……真是……要我怎么报答……

我揉了揉眼角，在兔小姐面前跪下："兔小姐，我知道，你喜欢安静如夏花，温暖如红樱，在这永恒的地球上，爱情也许不值一提，但对我弥足珍贵的是，在我还能活泼的岁月遇见安静的你，让我这滴水汽团为苍穹骤雨。在你未察觉的点点滴滴，我与背景融为一体。幸好幸好，你还没远去，我还来得及。"深吸一口气，"我想说，我爱你。"

顿了顿。

"请你做我半天女朋友好吗？明天，我就要离开这座城市，再也不回来了，再也……"

眼泪从兔小姐脸上坠下，滴到我的眼角，暖暖的，从颧骨流下。

她点点头。

【九】

"塑料心"为我们营业了整整一夜。

我与兔小姐聊了整整一夜。

我多么想冲上去吻她,但我不能……

不过,这就够了。

凌晨,我们与兔小姐在江边分别,空气清冷,刘阿叔向我们讲起了大叔——"塑料心"与商场的老板的故事:曾经的一对绝配恋人,他们一同打拼,一同在这社会中摸爬滚打,相爱的他们互为对方的依靠,为能在这钢筋混凝土森林中立足而努力着。但,随着财富的积累,丈夫迷失了。他被金钱偷去了心,除了赚钱别无他求。多点儿!再多点儿!五间酒吧、两间商场、三家酒店……终于,他觉得有点儿累了……倦了……于是,他想停下脚步歇歇了,蓦然回首,相伴多年的妻子已经得了绝症。

后悔莫及。

一生中最安稳的时光反倒是与将死的妻子相伴的几个月。

然后,他还没有来得及好好陪陪她,她便永远离开了。

再也……见不到她了……

伤心欲绝的他恍惚间来到了商场……

"钱是赚不完的,而深爱的人转瞬即逝……谢谢你!思淼!是你的坚持,感动了刘子,让他重新树立起活下去的信念。"

刘阿叔的笑容温和平静,充满欣慰,他多年的好友,终于振作了……

【十】

第二天清晨。

醒来的第一件事,便是享受兔小姐帮我整理我故意弄乱的衣服。

她的脸离我如此之近，肌肤吹弹可破。

有种奇妙的纠结：我一方面害怕被她发现我就是思森，另一方面，我又有点儿期待她发觉之后会发生什么。

算了，我们的生命是两条平行线。哦，我没生命……

晚上，我与大叔面对面坐着，抽着烟——他又重新开始当人类了，但夜间总会与我们聚会儿再走。

"我们相爱过，我就满足了……"我的笑却有些酸涩。

忧郁男子，原来是我吗……

月光飘进昏暗，将我们安静地包裹。

"恐怕，没这么简单吧！"大叔有些戏谑地笑了起来，"今天早上我可是见到了一件事，你往衣服口袋里翻翻。"

我愣了一会儿，连忙往口袋中掏去——一张纸。

思森：

听说你去了一座叫"塑料心"的城市，这没关系，等天气冷了，要回来哦！

另注：以后偷衣服穿，标签别挂外面！

被发现了……

果然啊，恋爱这种东西，一个冬天怎么够……

故事，还没结束呢……

爱恋是人们最珍贵的礼物，它总在僻静的隐蔽的角落默默发芽，默默生长，沾着晨间的露水。尘世间的我们太过忙碌，总是飞快，总会不小心踩伤了它。当你竭力奔跑时，请及时回头看看，请接住这朵绚烂的星火，让它成为生命的坐标轴。

别担心会失败，我们永远年轻。

别让自己后悔莫及。

你看啊，即使卑微似我们塑料人，也能收获爱情……

战败的读心师

「有关于,孤独且危险的正确,与平凡且安全的错误!即使明知这是条扭曲的路,还是要粘着安全的人群,平庸下去吗?」

【一】

流黏将头靠在断墙上,克制着战栗的泪腺,身上每一寸肌肤都黏稠地纠缠着。他猛地很在意从自己口中吐出的冬天的水汽,它们温暖着自己冻僵的鼻尖。湿发黏黏的。

他的妻子刚刚弃他而去,追不回地离去。

他从小就喜爱黏黏的感觉。贴纸按在手背,撕下,再按,再撕下,直至没有黏性;吃完水果,将两只手靠拢压紧,分开,再压紧……直到母亲发火。他太钟情于这种感觉,以至于爱上了一个整天黏着自己的女人,以至于来到这儿后将名字流年改为流黏,反正没人会在意。

然而,就在刚才,这个女人,不再黏着他,倒在血泊中,身子少了半边。

满身都是血。

鲜血将头发衬得黏黏的,他用手抚了抚,握紧拳头,松开,再握紧,再松开……

是不是太黏了……

他背贴着墙壁,蜷起身来,不敢回头看她。就让她待在那儿吧。又有什么区别呢?这半座废城,已成为她一个人的坟墓。

流黏回到他的理发店，却见一男子坐在镜子前。

男子悠闲地回过头说道："问你一个问题：上学时，一排三张桌子，你坐最左边，发现其他两个人的桌子都歪了，这时候，你是把桌子摆正，但明显脱离其他两个人，还是与他们并拢，一同歪斜？"

流黏瘫在沙发上，像条死狗，但目光却尖锐起来。

"我……无法回答，但我可以给你讲个故事：你也记得吧，小学时升国旗排队，我突然发现我们班级的队伍完全是斜的，它的确很直，但无疑斜了。于是，为了调整队伍，为了让自己站在正确的位置，我向边上迈了一步——这样，在队伍的衬托下，我会显得站歪了，突出了队伍，但我认为这并没有错……但是招来了班主任的一阵怒吼。"

他叹了口气。

"从此以后，我便再也不会反抗了……做不到的事为什么要出头呢？"

男子盯了他一会儿，在一阵风中化开了……

【二】

第二天，理发店里的顾客又多了起来。

人们很满意流黏的手艺，他总能精确地将大家心中所想的发型打理出来。每当他们心中升起对他某个步骤的不满，他又能及时调整。

自开张至半年前，阴暗小巷中的这家理发店生意一直很好，连城西的富人们都时常光顾。

没人知道流黏手艺为什么那么好——他能读心始终是个秘密。

每当他将手触着人们的脑袋，便能感知其所思所想。

湿润的头发抚摸着手，与水反应粘在手上的感觉真的是很棒啊……

只是，今天他的手艺貌似正在退步，修长的手指突兀僵硬，眼神散着光，完全跟不上节奏，连能感知黏黏的触觉都在失灵。

夜，流黏静静坐下。

他觉得自己的脑子已经空了。人总是自然而然地用手去翻找丢失的东西，于是他将手放在自己的脑袋上，想找找，自己究竟在想些什么。

全是她少了半边身子的模样——脑海里黏黏的。

门突然"咚咚"地响了。

流黏垂着双手打开门，是一个美丽的少女。

"我家……就剩我一个人了……能给我……一份工作吗？"强装出的可怜掩饰不了慌张与恐惧。

"先进来，你头发有点儿脏，先让我理个发……"

小巷的一抹光又暗了下去。

洗头、修理、定型，又让她换掉了一身破衣服，流黏已经知道了她的一切。

包括她随时会杀死自己这件事，也是，在她的处境下，无论谁都会小心万分。

"你可以走了。"流黏把门打开，声音机械麻木。

回过头来，却见门口站了一名嬉笑的男子。

"再问你这个问题，是从队伍中跨出来……还是不跨？"

月，照进这只剩半撇的小巷。

握紧门把，松开，又握紧……黏黏的。

"反正我一无所有了，那就听你的吧……"流黏又重新合上门，往楼上指了指，"以后你负责洗头……"

却见少女愣在了那儿。

他抬头望了望，漫天乌云，哦……楼上已经被火炮轰没了。

"那你也睡沙发吧……"

【三】

穷人区的流黏理发店中多了一个外号"汽水"的妙龄少女。

她洗头手法生疏,冰冷的脸仿佛一直有心事并无笑容,加之流黏最近变得跟机器人无异,店中客人少了大半。

这天清晨,流黏打开店门,却见门口站了两名白衣墨镜男子——最近他们搜查得越发频繁了。

"流黏先生,例行搜查。"说着,一名男子开始检查流黏的身体,另一名则走进店里。

他们不放过任何一个角落,很快注意到了汽水的存在。

一把抓起她的手——只有四根手指。

汽水脸色煞白,娇小的身体止不住地颤抖。

这天的天气有些冷。

"四根手指的人……现在还少吗?在核战之后……"流黏拉开白衣男子的手,面无表情地说道,"放心吧,她不是……外星人。"

的确有点儿冷,鼻尖都僵了。

"呵,不重要了……这是我们最后一次搜查……"目光像把尖刀,"我们走吧……"

看着两名男子离去的身影,藏在汽水口中的戒指,放松了下来。

流黏将手插入头发,洗不掉的血腥味黏黏的:"听着,我并不在意你是什么,我也没兴趣知道,给我好好工作……"

汽水愣了愣。

点头。

流黏什么都知道。

那场大战,他知道,现在连战争的起因他都清楚了:半年前,大量外星战舰涌入这颗星球，将三分之一的城市毁灭，联邦政府迫不得已使用大量核武器，没想到仅凭核武器就摧枯拉朽地全歼了外星舰队，核辐射与变异波及全球。胜利后的人们研究外星科技，竟发现他们掌握的科技比联邦高不了多少！

"明知办不到的事……为什么要勉强呢？"流黏默默地想着窥探到的记忆。

可悲的外星人，他们的母星已经将近毁灭。那是颗美丽的、与这颗星球相似的行星，它们是如此之相似以至于居民都长得很像，唯一的区别是，外星人只有四根手指。那颗行星上没有肮脏的城市，铺满绿色植物，居民热爱和平。可命运总是那么无情，那个星系的寿命将尽了……

迫不得已的侵略。它们何尝不晓得凭他们的科技胜算微乎其微？

可周围距离近的可居住的星球，只有这儿，只来得及来这儿，所以只能来这儿。

算算时间，天际的那个星系已经不复存在了吧……

很讽刺的故事……

流黏瞄了眼汽水脸上抑制不住的悲伤——他们是战败者，被星球的引力俘虏，为了生存而来的他们被同样为了生存的原住民赶尽杀绝。全然忘了，彼此很像呢……

【四】

一个多月的平静。

流黏并不在意生意的好坏。但偶尔瞥见汽水不小心将泡沫洗进客人眼中，痛得客人直跳起来揉眼惨叫，而汽水吊着双手慌张得不知所措，他也会露出一丝欣慰的微笑。

日子一天天过去，汽水机械的动作开始变得灵活，眼中又有了光彩，虽然流黏的教训从未停止。

"做得这么差，以后还想不想干了！听着……"

"知道啦……先生……"

汽水微笑着转过身，吐了吐舌头。

流黏这话被堵得突兀，愣了三秒，也笑了。

这天清晨，半空中仍然堆着厚厚的核废尘，朝阳被撞出这个世界。流黏与汽水刚睁开眼便被三名白衣男子押出了门。

"搜查者"是这颗两极分化的星球中富人们新设的职业，其职责是保证外星人完全灭绝。

黑色的移动战堡将整座城市完全封锁。

一列队伍似长龙贯穿整个城东穷人区，人们无声地站在残垣断瓦上，一个个有条不紊地向前迈进，任灰色的风直吹至队伍尽头，那是一座检查站——他们不知找到了什么区分方法，不断有外星人的哀号从中传出。

他们终于开始彻底地清洗了吗……

"突突突突。"

"啊！"一个欲逃的男外星人很快被枪击毙。

"求求你们放过我的孩……"一阵枪响。

"哇……"稚嫩的哭声响彻云霄。

啊，小孩儿。流黏喜欢小孩儿，他们总是黏着你，奶声奶气的声音听着也黏黏的，像年糕一样，哭声也像。啊啊，对了，小孩儿还很像……

"突突突突。"

死寂。

"又一个！太棒了！又一个！哈哈哈哈……"

灰暗的天空压抑着这半座墟城，每一阵枪响都能换得队伍中的一阵欢呼。

汽水面无血色地缩在他的身边。

"为什么连小孩儿都不放过……"流黏的指甲嵌入掌心,激怒的汗,好黏。

空气,仿佛凝固了。

"流黏先生……这颗星球的……语言,我还……不熟练……"汽水突然发出声音,很轻,秀发飘散在空中,似在对这片天空说永别,"虽然不知道……你用了什么……方法,但我的……一切,你都知道了吧……我的家已经……现在连命都……"

远处的一幢高楼又轰然倒下——城西富人区的完好与城东穷人区的破碎对比更加鲜明。

"谢谢你……"汽水的声音,流下了泪,却被倾颓大楼撞出的暴风与青丝一同刮向半空。

"问你一个问题:是从队伍中跨出来……还是不跨?"前面的男子微笑着转过身来。

流黏愣了愣,眉毛纠缠在一起,像一个解不开的结:"为什么……你总是要问我这个问题?"

"有关于,孤独且危险的正确,与平凡且安全的错误!即使明知这是条扭曲的路,还是要黏着安全的人群,平庸下去吗?"男子突然吼起来,"况且!这些都是你问自己的问题!别再把问题抛给我了!别再黏着我了!我陪了你二十年!答案……需要你自己寻找……"

男子在风中化开……

流黏知道,他不会再出现了。

第一次发现自己能读心的流黏,将手放在自己的脑袋上,他便出现了。

是他陪伴流黏度过了笼中的那段难熬的时间。

"明知道再怎么问我，我的答案也不会改变……做不到，为什么要勉强？你这个浑蛋！是我创造了你呀！我就是你呀，要是你选择了孤独的正确，那么……"

流黏一把抱起汽水。汽水惊慌地看向他，附近的"搜查者"的目光瞬间交汇到此处。

"那么！"流黏抬起头，涨红的脸青筋暴起，吼得声嘶力竭，"我又有什么拒绝的理由！"

他猛地向市中心跑去！

别回头！

只管跑就好了！

残砖划伤脚踝，子弹在身边呼啸，白衣男子与平民的怒吼在身后炸开，鲜血开始在身上绽开花。

胸口有些黏呢……

"呼……呼……呼……汽水，你知道，我们要去哪里吗？"流黏低头看着汽水，自己吐出的白气呵在她的鼻尖上。

"不知道！先生！求求你……停下吧！没……没用的！逃不掉的！"

"这座城市啊……只有一棵树。参天古树，有段时间，我无聊得紧又不能乱走动，于是我就想细数这树上有多少绿叶，却发现自己总是数着数着就睡着了，夏天的蝉叫声像大海的波浪那么动听，冬天的常青叶翠得似璞玉一般可爱……好美呀……那棵大树……"

腹部，有些黏。

"你，很喜欢树吧，你们家乡，有很多树吧，我知道哦，因为，我会读心哦……我们……到了！"

停下脚步。

左手边，几乎被夷为平地的穷人区，像地震过后般残破得一望无际；右手边，高楼林立繁华的富人区夜夜笙歌，一棵五十米宽的巨树，矗立于市中心。

他们被一片白色包围。

"流黏先生……你……流血了……"

"嘘……"眼皮有点儿重，"我以为，能读心的我，一定能保护好妻子，一定能。可我错了。一个月前的一天，我从一位富人顾客脑中得到消息：有外星残余部队潜伏在穷人区，'搜查者'准备无视穷人安全，在城东展开战斗。我吓坏了，连忙带上妻子从城东郊逃走，结果出乎我意料——战斗提前展开，位置……就在城东郊！我妻子在战火中死去，而当战斗向穷人区波及时，居民早撤离了……到头来啊，死的人，就只有她……"

"我……是个废物啊……"

"流黏先生……"汽水张了张嘴，却又慌张得无所适从。

"你……想到家吗？"握着她的肩膀，流黏身上满是猩红，"你的戒指，还能杀一个人吧……"

"先生……"

"我们星球上，有本书叫《小王子》，外星人小王子在一条蛇的帮助下死去，他的心灵回到了家乡……你的家乡已经死了，逃不掉，回不去，就去追赶它吧……"

他吻起了汽水，舌头纠缠绕动，将戒指带了出来。

"哇……"鲜血从他口鼻中涌出。

流黏颤抖着将戒指戴上，心中忽然生出一股平静，汽水靠在大树根边一愣，也微笑起来。

他蹲下，将戒指顶在了汽水的太阳穴上。

一阵亮如骄阳的光芒从中释放，刺破层层乌云，为所有人的眼睛蒙上了一抹丝绸，光亮透过树叶，翠绿，美丽，数不清的叶脉在空中沙沙舞动。

微笑着，汽水在空中化开……

"流黏先生，你真是这颗星球上，最友善的家伙呢……" 流黏最后一次读心。

知道我为什么叫你汽水吗？因为汽水透明纯净，阳光穿过它不着痕迹，它在手中黏黏的，让人很安心……

靠着树干坐下，流黏克制着失控的泪腺，每一寸肌肤都黏腻纠结。

"呼……呼……"呼吸慢了下来，仿佛随时都要停止。

流黏瞥了瞥开始向这边靠拢的，有六根手指的"搜查者"，自言自语道："谁说，我是这颗星球的人了……"

他将手在空中张开——是五根手指。

"二十年前，地球爆发核战，一片死寂，已然毁灭，我与其他二人乘坐飞船逃了出来，却被这颗星球的人俘虏。他们做透了实验，甚至解剖了其他二人后，发觉我们地球人与他们除了手指，并无区别……于是我被关在这大树下的展览室中被当作动物供人参观。也就是在那时，我发觉地球的核辐射已经影响了我，我能读心，于是我试着给自己读心，便创造了那个家伙。后来啊，我的存在对他们这些家伙不再是新鲜事了，关着我对他们再无益处，他们便给了我一个下等平民的身份，将我放了出来。"

好黏啊……浑蛋……

"所以啊，我们是一样的哦……一样是无家可归，一样是失败者，一样是爱着树啊……"

血浸渍了流黏的全身，他感觉好冷。

终于可以回家了。

终于，回家了。

恍惚间流过无数繁星，光点化为无数白线，他回到了那颗蔚蓝的星球，那个泛黄的操场，那支稚嫩的队伍，嘈杂的早晨，他向空中看去，汽水仿佛在天边的某个光点上向他招手，他微笑起来，恍恍惚惚间，他迈了一步……

回转深夜

我试着给江越打电话,却发现我连他的号码都找不到了,想去他家,竟连他家在哪儿都忘得干干净净……我的记忆被偷走了吗?

11月27日　星期三　阴

恐怕给睡着的自己录像的人没几个。

昨天是我生日,我尝试着给自己录像。

好吧,也许这听起来很疯狂!

但是,今天早上,我起床查看录像,发现晚上十二点整,已经睡着的我竟从床上爬了起来,并且看上去很清醒!

接着——

天花板。天花板上竟爬下三个人影,与我打起了麻将!我貌似一点儿也不害怕,亲自翻出了麻将,与他们说说笑笑地玩了整一个小时。

在一点整,随着摄像机中一片模糊,那三个人影倏忽消失!我又突然重新出现在了床上!仿佛一切都没有发生过!

而醒来后我根本没有一丝记忆!

更恐怖的是,在看了一次录像之后,这段录像,消失了……

11月28日　星期四　阴

真不知道这座城市怎么了,平日里什么"驱魔大师"多如牛毛,真正到了需要他们的时候连个人影都找不到,于是我买了十面镜子挂满床头——早上起来全碎了。

我再次打开摄像机。

与昨天的情形一模一样。并且，半夜里醒来的我看见镜子，竟发了疯似的捶打它们！一个人影连忙过来将镜子取下，在取下它们的瞬间……

镜子自己碎了……

自然是害怕的。碰到这种事谁都会惊起一身冷汗，但既然它们到现在还没有伤害我，而且摄像中的我们关系也算融洽，那么暂时我还没有危险。但如果睡着前的我做了什么，激怒他们怎么办？

比如昨夜的镜子。

他们不怕镜子！

但绝对讨厌！所以处于被动的我会急忙想毁了镜子！

12月3日　星期二　阴

最近一直阴沉的天气让人心里发凉，街道上的雾霾重了许多，伸手不见五指。我感觉自己连呼吸都被冰冷塞满了。

29日晚上我是睡在宾馆的。

的确一觉安稳。

而且，奇迹般的，摄像机中的我安稳地睡到天亮。

然而，30日，当我回到家中。

我在那一台特地摆在床前，拍摄我不在时情况的摄像机中，仍然发现了我的身影！

还是十二点到一点！

六个人影！

我是那么清醒，与白天根本没有区别！我与他们像老友一般交谈起来，后来干脆又玩起了桌游！然而我在宾馆中毫无异常的那一夜，该如何解释？

来不及多想，我当天中午便冲上了开往W城的火车——这列火车要开整整一夜，并且不会中途停车转站。

这样，这样一定逃得掉！疾驰的火车，遥远的距离，如果我还能出现在家中……我简直无法想象！

火车静得可怕，绿皮火车像远古的巨龙从霾中撞了出来，人们缓缓挪上车厢，各自冷漠地坐下，空气略微刺骨。汽笛喊得声嘶力竭，却被寂静隔绝。

铁轮开动了。

车厢有节奏地摇摆，像坟墓上随风扑扇的枯草。

我倒头便睡。

下车时，我的心情一阵舒畅，虽然天空还是没放晴，可两天的安稳觉使我不至于发疯，并且，火车上的录像中并无特殊情况。

今晚，我决定熬夜试试。

12月4日　星期三　阴

现在，我已完全冷静。

昨夜，睡了一下午精力充沛的我全副武装，准备与这些家伙见个面。

记忆到十一点四十为止。

早晨我猛地醒来，发现自己竟是躺在床上！

录像显示，我于十一点五十五左右还在看电视，为防止自己睡着，我的右手还正用一根竹签扎着大腿。

忽然，录像中一片模糊。

待画面再次稳定时，无法避免地出现了我与幽灵们聚会的场景，电视已经被关掉，竹签子被放回原位。

但，现在的我，在经历了这么多后，终于冷静了下来。

我需要帮助。

首先钻入我的脑海的是铁哥们江越。

来到他家，他正躺在床上——住在十二楼的他平时连门都不关。

我对他讲起了事情的始末。

听完我的话，江越便愣在了那儿。

"你该多找点儿人来！"江越顿了顿，"真是……太恐怖了！"

"你以为我不想多找点儿人？就算斗不过那些幽灵，开派对时还能热闹点儿呢！但同学中还有联系的就只剩你了……"

"嗯……那我过两天就来帮你……"

12月10日　星期二　阴

在一系列行动失败后，我开始研究录像。

即使每份录像我只能看一次，但也足够我得出一些有用的信息了。

首先，我与其中一个女鬼关系很要好，而且其他幽灵应该都是陪她来的。

5日晚上，算上这个女鬼，只来了三个幽灵。

其中一个娇小的女幽灵看见我竟还怯生生地躲在那女鬼身后！我只是在一边憨笑，女鬼劝了她好一阵她才放开胆子……

其次，我发现，每晚的幽灵数并不固定，但也有几张熟面孔——其中一个中年男子、一个戴眼镜的年轻人，还有一个中年女人模样的幽灵是常客。

最后，我与它们的关系简直好得离谱！我并没有因为它们的身份而有任何异样，反倒比平时还放得开！

今天我又来到江越家，他向我讲起了他的研究。

"你知道的，我从未养过狗，但我记忆中却一直隐约有那么一条宠物狗，哈士奇，大概三岁，额头上有个疤。但神奇的是，我绝对！绝对从未养过狗！也许，我也有与你相同的情况呢……"

我会继续观察。

12月11日　星期三　阴

到底……到底怎么回事！

昨晚的录像中，竟然出现了江越的身影！

他从天花板上下来，坐在轮椅上，下半身全没了！

我试着给江越打电话，却发现我连他的号码都找不到了，想去他家，竟连他家在哪儿都忘得干干净净……

我的记忆被偷走了吗？

它们……终于要动手了吗？

合上日记，我深吸一口气。两周了，该做的我都做了，除了一件事。

上天花板看看。

顺手抄起一根球棒，我架起梯子。幽灵落下的地方并无天窗或洞，于是我用球棒砸开了那儿！

霎时间，一阵笑声从这黑洞中飘了出来，顺着我的毛孔向体内渗入。

"啪！"

一本粉红色的日记本掉在地上。

天花板里不该有东西……

我汗毛一竖，从洞下疯狂退开，捡起那本我从未见过的日记，打开有书签的那一页，并从后往前翻看。

12月10日　星期二　多云

今天，江越终于醒了。谢天谢地。于是我们一起来找何理玩。江越起初有点儿害怕，但总算是适应了。何理，以后又多了一个人陪你哦……

11月29日　星期五　雨

今天，我把事情告诉了叔叔阿姨。原来他们早已得到了消息。
于是我把他们与郑飞带来何理这儿。
我们玩起了"狼人杀"的游戏……这是何理最爱玩的……不过……有点儿讽刺呢……
自闭症和抑郁症有所缓解了。

11月21日　星期二　雨

天啊！简直就是奇迹！何理！能再次见到你真是太好了！我们再也别分开了，好吗？

11月20日　星期一　雨

上午，江越仍在生死边缘徘徊。
而何理，抢救无效身亡了……

11月19日　星期日　雨

为什么！为什么会发生这种事！为什么偏偏是何理与江越！

冷汗已完全浸透了我的后脊，全身都在战栗！
我的名字……就是何理。
到底……到底怎么回事！我疯狂地冲向书桌，翻找我的日记本。

双手因过度惊吓而煞白，瞳孔已无法聚焦。

向前翻看日记。

11日，10日，4日，3日，29日，28日，27日……

11月18日　星期一　雨

明天就要回到C城了！又可以和小肉包一起逛街看电影了，哈哈，等我喽！你男朋友要踏着彩云回归啦！不写了不写了，郑飞和江越都发出醋味了……

……

原来，是这样……

呵，原来，是这样……

我爬上梯子，缓缓地向天花板中爬去。

头发，浸入黑暗。

为什么这座城市没有阳光，没有驱鬼人，雾霾蔽目？因为这座城市根本就不是人待的。

脖子，浸入黑暗。

为什么我会捶打镜子，"娇小女鬼"害怕我？因为我怕镜子，她怕我。

胸口，浸入黑暗。

为什么无论我怎么逃，终究能到家？因为我无形无实。

腰，浸入黑暗。

为什么火车中的兄弟手上有刀？仔细想想，那是两把各自捅入胸口的刀，他们果然已经吵得够激烈。

大腿，浸入黑暗。

为什么江越总不从床中出来，总有一条狗的记忆？因为他本就养了一条狗，而连他自己都没发现，他根本没有下半身。

脚踝，浸入黑暗。

为什么我没有父母同学的记忆，认不得他们？因为啊，爷爷奶奶已经来到了这个世界，而其他人还活着啊！

被黑暗吞没……

午夜幽灵派对中，真正的幽灵，只有我啊……

我什么都想起来了……

倏忽醒来，我正坐在一张沙发上。是夜，凌晨十二点二十。

我向身边看去。

那常客之一的眼镜男子……是郑飞！其他的两位……是我父母！与我熟的"女鬼"自然是小肉包了。这位是大学同学……那位是……

据说，对阳间留恋极大的鬼魂会在凌晨回到人间。

我站了起来。大家有些诧异："怎么了？不想玩了吗？"

深深地鞠躬。

"谢谢同学朋友们。谢谢，爸，妈。"

"怎么突然说这个……"小肉包凑过来。

我一把抱住了她。

"你！你！能碰到我们了？"

"嘘……听我说。"我摸了摸她的脑袋。

"当时，我们三人的车滚下山去。我觉得自己是活不成了。只有一个想法：小肉包，以后该怎么办呀……有轻微自卑症与抑郁症的你，没了我这么英明神武的帅哥，那可怎么办呀。只有这一个念头。也算是老天对我的眷顾吧，我竟回到了这个世界。"

我来到"幽灵们"落下的天花板处，在暗阁中拿出一枚钻戒。从天花板上掉下的一直是我才对吧。

"抱着陪陪你、让你不要想不开的心理，我回到人间。结果是你怕我孤单，叫大家来陪我……真不知道有些自闭、有些抑郁的你是怎么挺过来的……"

我不敢想象她与别人说这件事时遭受的冷眼有多刺骨，更不敢想象害怕社交的她，是怎样一个熟人一个熟人求过去的……

眼泪，止不住地流下。

大家早已泣不成声。

"这段时间，我很开心，不过，我的存在对大家终究是个拖累……今天，是我们最后一次见面了吧……"

我单膝脆下，将钻戒放进肉包的手心里。

十二点五十八分。

与大家一一拥抱。

"好了……我该走了……江越，郑飞，你们命真大……真令人羡慕啊……"

转过身来。

"肉包……坚强地活下去……在死之前……先把我忘了吧……"

化为光点。

12月12日　星期四　晴

早晨醒来，天气真好呀！

好吧，阴间永远不会有晴天。

不过没关系，在世界的某个角落，在某些人心里，在阴间的某块土地上，一定会有那么一朵太阳，温暖着这无边的世界，这抹阳光不会有黄昏，甚至能在寂寞的夜里陪伴你。不畏恐惧。

我，一定会坚强地死下去。

眼角隐秘而伟大

如果足够寂寞,就不会被寂寞打倒;如果已然满足,就不会奢求更多。

如果眼球足够白,是不是即使始终不敢正眼直视,也能把你的身影刻住?

然而「你在哪里?」这种问题,不需要你看我,只需要,我看着你。

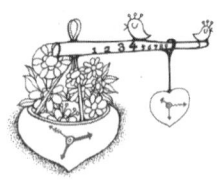

【一】

如果足够寂寞，就不会被寂寞打倒；如果已然满足，就不会奢求更多。

如果眼球足够白，是不是即使始终不敢正眼直视，也能把你的身影刻住？

然而"你在哪里？"这种问题，不需要你看我，只需要我看着你。

【二】

孙慈喜欢上了班花齐念念之后才发现，视觉向心力的确存在。

上周五体育课，孙慈正和冯布他们打着篮球，腿突然抽了筋，于是想买瓶喝的提前回教室。

"到底是买可乐还是运动饮料？"从远远望见小卖部开始他就不停纠结，直到迈进去还是没想好，结果口袋里零钱掏出来一看，呵呵，只够买瓶乳娃娃。

他沿着中央大道向教室拐去，路边的樱花正是开放的时节，漫天粉红静悄悄地摸到地上，神不知鬼不觉间铺了一地。

"啧啧啧，这花……渣渣！"

孙慈十分讨厌"安静"的事物，在他看来，表面随和背地里捅人刀子比不上面对面打上一架，整天一声不吭的闷油瓶比不上过于闹腾的捣蛋鬼。

一瘸一拐地回到教室，他立马走不动了。就往常来说，这么安静的班级他绝对待不住。他会脚底抹油在班里乱窜，会反复哼唱一首歌至厌烦……一切可以破坏安静的事情他都会考虑。

然而此刻，齐念念一个随意的马尾辫，随意地出现在他眼前时，呆滞就占据了他全部的脑神经。

雪白的后颈小心翼翼地散布着未被发根征服的碎发，似冰块般从T恤衫边摸索出来，仿佛饱含对世界羞涩冒出脑袋来的嫩苗。

孙慈不自觉地摸了摸脖子，又被自己的行为吓了一跳。

莫名的安静。

孙慈想发出点儿声音，又突然害怕了起来，他一直认为，来自自己的声音应当是像可乐开瓶时那样动听，至少也是运动饮料的程度。但万一是乳娃娃呢？

美丽总会引发悸动。自己本身，万一是乳娃娃呢？

不不不，在打开钱包之前一切都无法下定论，就像薛定谔的盒子，里头有只又生又死猫。

"那我开它干吗？"说着，孙慈又回到座位上自顾自了。

【三】

一个人应当享受不确定自己是否爱上另一个人的时光。这是孙慈同学在确定了喜欢齐念念，饱受暗恋之苦之后得出的结论。

视觉向心力。视野右下角，准确地说是齐念念的座位好像有什么奇怪的魔力，总是将他的瞳孔扭转过去。下课往那儿瞄，上课往那儿瞄，她在往那儿瞄，她不在还往那儿瞄！

眼睛的失控让孙慈恼火至极却又不知所措，作为反抗，他会在视线落实在齐念念身上前顺势挪开，假装自己只不过是扫过她而已。

结果越反抗弄得自己越奇怪。是！自己是喜欢她！这他一直是承认的！但自己的反常到底是为什么？凭什么？

齐念念不喜欢自己，这他也知道，因为齐念念有喜欢的人。

然而，暗恋应该是赚的吧。不是有这样一个理论吗？"两个人之间，如果有一个人喜欢上了对方，久而久之，对方也会渐渐喜欢上这个人。"毕竟许多时候感觉是双向的嘛！

万一最后她喜欢上我了呢？万一我的偷瞄促成了她对我的感觉呢？想到这里，孙慈又对自己的怪异释怀了些许，但又很快陷入了对自己的不干脆的责怪当中。

还记得有次，因为暗恋而变得矫情的孙慈问冯布："哥们儿，你觉得……"孙慈扭捏地揉了揉头发，尴尬地笑着翻了个白眼，"就你个人认为，什么是恋爱……"

冯布抬头四十五度角仰望星空，略带沧桑地说："就是'你爱我，我爱你'呗。"孙慈立马眼冒金星："我们果然是哥们儿！连恋爱观都一样！"

于是孙慈越发觉得这哥们儿人太棒了，自此之后对他更加大方爽快，一连请了好几顿饭。

然而连冯布也不知道自己无意识地消费了某位的感情……不过，某人貌似最近本来就感情过剩……

然而头一次，孙慈没有对自己的准则忠诚。

每当他好不容易往胸口绷紧一口气，同时不让自己显得狰狞，准备向齐念念大步迈去时，就又会看到她像一朵安静的莲花坐在位置上，闪着只有他才能看见的柔和的光。

立马脚软。

他对于拒绝并不害怕,只是他连靠近的勇气都丧失殆尽。

头一回,他被安静打败。

【四】

被安静打败不代表被安静征服。一直以来孙慈都是这样安慰自己的。幸好他并没有意识到自己的无名火也是静悄悄的,永远无声的,就像自己的暗恋一样。就像黑白默片一样,像对着夕阳轻诵出的情歌一样,像折射着阳光的,散发着玻璃香的漂流瓶一样。

幸好幸好。

然而,一件意想不到的事情却不得不让他觉悟自己的彻底沦陷。

在太阳下晒久了的衣服会发烫,久浸在水中的木头会变湿。

染缸中泡久了的布料就会被染上颜色,这些都是自然而然的事。

所以,当孙慈发现自己的眼角莫名地多出一道身影,一道鲜活,栩栩如生,宛如真人的齐念念的身影时,立刻就明白了缘由。

傍晚回家的路上。火烧云染红了街巷,也染红了他的双眼。

自己的眼角突兀多了一个齐念念。

正视前方,她就会伫立在自己右后方,像往常般安静而闪耀,从一开始的隐隐约约,到最后清晰无比。回过身去却又消失得无影无踪。无论自己揉多少次眼睛,甩多少次头,都挥之不去。

只有在这时孙慈才明白,自己怯懦地瞄了她这么多次,自己在心里小心地想了她这么多次,以至于自己的眼球也习惯了她的存在,以至于自己卑微的视网膜上也刻下了她五彩斑斓的模样。

孙慈的思绪乱透了,他有点儿想逃了,逃到一个不那么安静的地方。他摸索着回家,将音乐开到最大声,让摇滚几乎撕裂自己的耳膜,可一恍惚,右眼角的齐念念便会立刻浮现,一如既往地牵引着他的视线。

回头，却又不见了。

于是世界又安静了下来。

他闭眼，告诉自己这是病，这不是真的，只要自己从此无视她和她，无论哪个她，只要不再看她，这一切就都会过去。

然后睁眼，一切依旧。

窗外的立交桥闪烁着来来往往的车灯，大厦散发着都市迷人的彩光，巨幕广告牌一如既往地播放着，似不夜的笙歌。白炽灯的光线从台灯罩下射出，打在自己的脸上，四下黑暗。

自己不是没有得到光，只是少了一点儿。

输了输了，自己满盘皆输。也许是自己一开始就过于偏执，妄图以再卑微不过的自己去撼动她，可其实，她连看都没有看过自己吧。

【五】

孙慈开始往医院跑。他拿着永远看不懂的单子，询问一个个永远一个表情的医生，在大同小异的机器下像一盘凉菜转来转去，一天又一天，最后眼睛没治好，倒是把我国医院等级记了个倒背如流。

然而医院的检查怎么可能有效？这本就不是什么合理的事，况且他跑的是眼科，可能往心脏科跑还靠谱点儿，毕竟这是心病。

时光荏苒，由夏入冬。齐念念依旧不断吸引着孙慈的视线，一天又一天，孙慈放弃了对真实齐念念的抵抗，开始肆无忌惮地让她出现在自己的眼角，然而，也正是由于真实的重要，他越发厌恶残留在自己眼角的，虚幻的齐念念。

恋爱会改变一个人。

有些平日里睿智的男人在恋爱中变成了笨蛋，但有些在感情方面平时略微迟钝的，不怎么会察言观色的家伙反而会敏感起来。

孙慈属于后者。

齐念念对自己一直无感。他注意到了，也叫其他人旁敲侧击地问过，本人的回答一如他的感觉——也就那样吧。

而我终将会改变这一切，得到真的齐念念，消灭假的齐念念，会成功的……应该吧。孙慈这样想着。

他觉得有必要说出自己的症状了。

朋友这种东西很奇怪，一旦有了朋友，有必要没必要的事就都会忍不住与之分享，再私密的事，特别是困难，人生中的坎，我们渴望告诉好友。

分享使人舒畅。

"喂喂，冯布……我觉得我眼睛出毛病了……"

冯布问："怎么了？"

"也没什么……就是……眼睛里有人……"

"哎哟喂！您老属熊瞎子的啊？眼里瞧不得人？那这样，我也告诉你个秘密，我眼睛里，也有人！特别是今晚！"

"为什么？"孙慈突然停下脚步，木头似的定在原地。

"你可劲装！这都听不懂……"

冯布的嘴巴也僵住了。他扭过头去，顺着孙慈的视线，他看到了，齐念念牵着一个男孩的手。

前方快乐的谈笑声开始撩拨孙慈的心。冯布一直知道孙慈喜欢齐念念，也知道孙慈此刻在想什么。他内心一定在比较。

"不是身高的问题，我与那个家伙一般高。模样，说不来，他也许会比我帅吧！成绩，这个男生我记得，也就一般吧。他好在哪里？我差在哪里？"

"不，这些都不是问题，我知道，这个男生，是个安静的人。"

"齐念念是喜欢他安静的性格吗？如果是，那我就输得……太完美了。"

孙慈又突然意识到，自己已经没有在内心较劲的必要了，没有了，对方心有所属，自己的心啊，在空中扑扇着旋转，慢吞吞地晃荡后，扑了个空。而对方的心却完美着陆。

一阵风吹来，冬天的行道树"沙沙"地回应着，然后必然地，无数枯黄的落叶无声无息地飘落地面。

冯布将手放在他肩上，安慰地拍了拍。

他转过头去。先看见的却是眼角的齐念念。

她安静地，笑着站在自己身后。像不经意的阳光。

孙慈不自禁地微笑起来，略微刺骨的东风刮过他的脸颊，将他身体内的什么东西连根拔起，吹散殆尽，他轻松了许多，他微笑起来，不断微笑起来，深吸一口气，不知哪儿来的勇气。

斜视同时正视着眼角的齐念念，对着她说了第一句话。

"还有你，也挺好。"

【六】

真正的齐念念有了男朋友之后，孙慈却越发关注她，偷瞄变得更加不自禁而小心。

这让他觉得自己，贱透了。

相对地，在接受了眼角的齐念念后，孙慈的生活开始被她影响。

虽然在他看来，这个虚假的齐念念对自己只有些许安慰的作用，让他可以光明正大地偷窥齐念念，只是一个完美的爱的借口，但事实上，也正是她的虚假，才对他有了更大的影响。

走在四下无人的路上，孙慈想吐了口香糖，照以往来说，他是直接吐在地上的。他别过头，正要嘟嘴，却看见了眼角的齐念念。

他立马感觉不自在了。

齐念念不会喜欢这么不文明的行为吧？

这样想着,他找了张纸裹着口香糖,极其认真地丢在了垃圾桶里,不可回收的那个。

又一次晚自习,他想从操场偷偷翻墙逃学去书店。

娴熟地以右手握住一块砖,左脚在石椅上一蹬,左手往墙顶一探,握住,再以右脚在壁上胡乱蹬两脚,他整个人"呼"地就来到了墙顶。

然后墙顶一边坐着"齐念念"。吓得他差点儿掉下去。

眼角的齐念念就这样安静地坐在一边,只是在一边,就让孙慈乖乖下墙回去自习了。要配得上齐念念,这种行为,下次不再。

孙慈会更加注意在公共场合的形象,会更加注意自己的仪表是否得体,会更加注意自己的行为是否文明。就算独自一人时也是。

星期六,他准备通宵打游戏,这是他一直以来的习惯,正打开电脑,他又看见"齐念念"站在自己身后。

只是站着,在一边。

好好好。对。通宵打游戏,一来对身体不好;再说了,自己的成绩不怎么好,是时候加把劲了,齐念念可是全校排名前列呢。

生活要规律,强身健体,要不断提高自己。

这都是因为,他时刻知道,身边有一个齐念念在看着他。

甚至有些时候,也许,是在关心着他?会吗?要不然怎么会这么巧,每次自己做得不够好时,"齐念念"都会出现?是在关心我吗?

然而太阳总会照常升起,当他又一次看见真正的齐念念时,眼角的齐念念给他的力量便又会烟消云散。

"毕竟,你不是她呢……"

【七】

时间在孙慈不断的挣扎中加速着,一转眼,已然毕业。

孙慈不知道为什么突然间自己的成绩会变得如此出色，自己的形象在大家眼中变得如此好。毕业之际，自己糊里糊涂地就被表白了十多次，也是糊里糊涂地，自己就考上了令人羡慕不已的大学。也许是因为生活规律，自己的身高从170厘米暴长到182厘米，身材也匀称了起来，"男神"的称号不知不觉就扣在了自己的头上。

这应该感谢齐念念吧。

然而孙慈迷茫了，自己到底该感谢哪个"齐念念"？是眼角的这个，还是从一开始就不属于自己的齐念念？是一直陪伴着自己的这个齐念念，还是内心渴望的那个齐念念？

她们到底哪个才是齐念念？

她们到底哪个才是真实的？

孙慈有点儿分不清了。

也许是从上次和同班的一个男生打架开始吧，自己也想不通自己为什么总会下意识护着自己的右眼，仿佛齐念念就住在自己的眼中，仿佛自己无时无刻不在保护齐念念。

可是自己为什么要保护一个不存在的齐念念？

难道她已经存在了吗？

来不及想，孙慈就被卷入了接下来的生活中，一种只能看见眼角的齐念念的生活。

【八】

还是忘不了齐念念。

从大学，到工作，好多年来，孙慈一直关注着齐念念的一切：QQ、微信、微博，她在同学口中的近况。他知道今天齐念念吃了意大利面，知道明天齐念念要加班，知道上个月齐念念在海南玩差点儿被晒脱皮，知道她换了三个男朋友，现在的这个很帅，他们感情很好。

他也知道：自己依然没有勇气，她依旧遥不可及。

他全都知道。

虽然他不知道自己知道的意义在哪儿。

相应地，眼角的齐念念对他来说已成为不可缺少的存在。

他会躺在床上，与眼角的齐念念谈天说地，与她一起看电影玩游戏。他们一起看书，一起讨论书中的男女，一起旅游，流连在一个个美丽的风景区中。他们会合影，只要拍了自己的右眼，齐念念就已上镜。工作中的、生活中的烦恼，他都会找眼角的齐念念倾诉。

尽管眼角的齐念念只是永远微笑着，静静地站着，在一边。

对于他来说，两个齐念念是不互相妨碍的，她们是完全平行的。

然而，他渐渐感到了一点儿变化，真实的齐念念的变化，在照片中，在她发的心情日志中，她变得有点儿不一样了，是化妆的原因吗？也许是人生阅历？

他看着齐念念一点点地改变，却又分辨不出，哪儿变了。

就在这时，他开始被冯布拉出去相亲。

"哎哎，哥们儿！加油！我年底儿子都生出来了，你也要加速！"已经成为作家，小有名气的冯布说。

一个又一个，一个又一个。

各种类型的女孩都有，可爱的，妩媚的，豪爽的……孙慈不知不觉中拒绝了无数女孩子。

不是她们不好，只是……只是每当孙慈坐下，坐在女孩面前，眼角的齐念念就会一如往常地出现在自己的右下角，安静而美丽，只是在一边。

她未曾做过什么，却早已令孙慈放不下。

又拒绝了一个女孩子。

"怎么一个都看不上？人家一个个条件都不错！哥们儿……难道……你是有问题？"冯布不正经地问道。

"边去！"

冯布表情严肃起来："哥们儿，感情这种东西说不清，勉强不来，但你这也太过分了！难道你有女朋友没告诉我？"

孙慈恍了神。他不知道该如何回答。

算吗？齐念念，算吗？"齐念念"，算吗？

"我先去上个厕所。"他连忙站起身来，想洗把脸镇静镇静。

习惯性地，他举起手机，查看齐念念的微博。

"下个月就要结婚了！求祝福！"

照片中的她笑得幸福灿烂，耀眼万分。化着美丽的妆，眼睛迷人，嘴唇弯着性感的角度，阳光不偏不倚地抚在她脸上，将她乌黑的大波浪卷发染得金黄。

他忽然明白了！他忽然发现了！

以前的齐念念，那位少女，是耀眼的，但她的光芒是从天而降的，天然雕饰的，而现在的她，她的光来自自身，由内而外。

原来是这样，这就是少女与女人的区别！

这就是成熟！也叫，衰老。

他打开水龙头，使尽全力地把水扑到脸上，用力揉搓，他有点儿害怕，因为，上头有面镜子。

抬起头来。愣住。

他发现，不只是她，岁月也早在他的脸上留下了无数痕迹。胡楂稀稀拉拉，眼角有鱼尾纹，眼神浑浊了许多。

这还是他吗？

如果是他，为什么这么多年来，他未曾发现自己的变化？

然后，他看见了。是眼角的齐念念。

一如既往，安静，美丽，不变的容颜和笑容，不变的位置。

只是安静地在一边。

孙慈明白了。

在这奔腾的时间中，在这倾颓的岁月里，大家早已面目全非，没有人会为他刻意停留，没有人会为他驻足长立，除了"齐念念"。

在这一刻，一切都已见分晓了！

他关注齐念念的一切只是他的一个习惯，就像用右手开门，就像上床前摆正拖鞋，这只是一个习惯。

他真正爱的是眼角的齐念念！

眼角的齐念念才是真正的齐念念！

她才是真实！

她等了自己这么多年，可自己毫无察觉，就像自己的衰老，就像自己的暗恋，就像黑白默片，像对着夕阳轻诵出的情歌，像折射着阳光的，散发着玻璃香的漂流瓶。

自己爱的，是她呀！

孙慈单膝跪地，他怕来不及，他的衰老已无法给他太多时间，他必须尽快完全拥有她。

"齐念念，你愿意，嫁给我吗？"

他看见了。

眼角的齐念念，分明，点了点头。

【九】

冯布在八十岁时才听孙慈讲起了他终身未娶的原因。

他完全理解孙慈，他完全相信孙慈。

他明白了，自己的挚友是如此孤独以至满足。

他称这段爱情，"隐秘而伟大"。

他们二人，从未在一起，可又永远在一起。

这段爱情，从未开始。也正是因为没有开始，便永远不会结束。

孙慈并不长寿，在冯布之前就去世了，葬的地方也偏僻，没有子嗣，除了冯布，没有好友，没有人为他扫墓，没有人记得他，他的墓一如他的人，安静而孤独。

许多年后，他的墓便被悄悄挖去。

没有人知道他。

他与他那段伟大而隐秘的爱情，终于还是静悄悄地，永远地，离开了这个世界。

【十】

要真说留下点儿什么，冯布倒是为他写过一段墓志铭，只是太长，没几个人有耐心看完，看完的人也看不懂，这段墓志铭实在没什么意思，可以说无聊透顶，但说说也无妨：

人们总说，天底下的有情人终会败给现实，无论是否在一起。在一起的败给了婚姻与生活，分离的更是输得一塌糊涂。在他们看来，现实可怕得近乎可悲。

然而，每当我想起我的这位友人，与他的眼角，就会明白，在这被现实塞得一塌糊涂的世界里，在这只有物质的世界里，在这人们分分合合的世界里，总会有那么一段爱，从未交集又从一而终，永垂不朽。

永垂不朽。

《意林·全彩Color》，青春就是要"精""彩"

《意林·全彩Color》是百万大刊《意林》杂志，在原有《意林》上、下半月核心刊基础上，于2016年5月1日重磅推出的《意林》第三本核心刊。《意林·全彩Color》坚持**青春励志不变、助力学生中高考不变、原班编辑团队不变、万里挑一稿件质量不变**，并采用**全彩印刷**，更高品质的纸张，全本厚达**72页**，定价**6元**。

选择《意林·全彩Color》的 八大理由

○ **中高考实用宝典**，创刊第2期，即原题命中高考作文

○ **全彩印刷**，原色呈现多彩世界，青春就该像彩虹般缤纷

○ **内容加码**，全新栏目、萌趣彩页，轻松缓解阅读压力

○ **版式出新**，全新设计的七大版式，意想不到的新鲜图文搭配

○ 堪比几米的手绘配图，佐之以摄影美图，**细节点缀，美貌爆表**

○ **纸张升级**，给你绿意盎然般的清新阅读体验

○ **超多回馈活动**，励志明星海报，**20万红包**大放送

○ **6元**良心价买**全彩72页**

心动的话，赶紧通过以下方式订阅《意林·全彩Color》吧

★ **意林天猫专营店**：手机淘宝用户扫码一步购买

★ **意林微商城**：微信用户扫码轻松入手

★ **各大邮局订阅**：到就近邮局报上邮发代号 **16-289**，即可订阅

杂志信息：
页码：72 页
定价：6.00 元
邮发代号：16-289
印刷：全彩印刷
上市时间：每月1日

青春就是要"精""彩"，《意林·全彩Color》等你来约！

意林精品图书推荐

《别来无恙,我的小初恋》
简介:销量超百万作家沈嘉柯暖心力作,陪你一起挥别青春,再出发。
定价:29.8元

《喜欢你这句话,我憋住了整个青春》
简介:数十篇青春伤感故事,带你领略成长、青春、爱恋的阴晴圆缺。
定价:29.80元

《遇见你,就是最对的时候》
简介:青罗扇子、周德东等作家用文字演绎纸上电影。时光远去,我们永远青春。
定价:29.80元

《我记得你说过的每句美好》
简介:独木舟、夏七夕、七微等名家用真挚的笔触探究青春的色彩。
定价:29.80元

"多昧之恋"系列

《这世间所有的纸短情长》
简介:织梦人张芸欣在深夜为你点一炉青莲之香,寻找渐渐远去的青春与年少。
定价:29.80元

《世界那么大,命中注定遇见你》
简介:每个人都会接触形形色色的人,又会和一些人聚聚散散,马瓶说:这些相遇都是命中注定。
定价:29.80元

《我不怀念你,我只怀念有你的往昔》
简介:继《左耳》之后深入骨髓的疼痛青春,每个人都可以在她的故事中找到最原始的自己。
定价:29.80元

《花与巡夜人》
简介:国内一本填色减压故事书,抚触你的心灵,治愈现代人的都市病症。
定价:36.90元

"深夜暖心"系列

《少年从不等风来》
简介:关于年轻人的追梦故事,他们用自己的特立独行,创造属于自己的天地。
定价:29.80元

《你的人生不需要别人点赞》
简介:大人物从这里起步,成就了丰盈的人生。数百篇故事告诉你成功者的秘密。
定价:29.80元

《逆光飞翔,微芒绽放》
简介:名人的磨难被晾晒成坚强,带给你十八而志的青春励志的正能量。
定价:29.80元

《像明星一样去战斗》
简介:数十位明星的奋斗史。逆袭背后,都是平凡生活中的伟大梦想。
定价:29.80元

"十八而志"系列

《脑洞君,请收下我的膝盖》
简介:理科的严谨与文科的情怀,二者你都能拥有。
定价:28.90元

《我心有猛虎,而你只要一枝蔷薇》
简介:量身为中学生打造的心灵读本!
定价:28.90元

《一生心事只得一人来解》
简介:与名家碰触思想上的火花,快乐成为阅读的领跑学霸。
定价:28.90元

《好男孩上天堂 坏男孩走四方》
简介:毕业于剑桥大学的才女陈叠邀您围观世界名校男神!
定价:29.80元

"大阅读"系列

《把你所有的不安都交给我来暖》
讲给你听,117个如同心灵抱抱的故事。
定价:29.80元

《所有人的坚强,都是柔软生的苗》
玻璃心的朋友们,讲给你听,125个含泪奔跑的人生故事。
定价:29.80元

《生命中除了爱,其他都是行李》
讲给你听,召唤小确幸的111个故事。
定价:29.80元

《都道初心不可负,而初心是何物》
133个初心故事,既有明星大家,也有平凡人物,从故事里闪耀初心的光芒。
定价:29.80元

"初心讲义"系列